HAN KANG

GRIECHISCHSTUNDEN

atb aufbau taschenbuch

HAN KANG wurde 1970 in Gwangju, Südkorea, geboren und ist die wichtigste literarische Stimme Koreas. 1993 debütierte sie als Dichterin, ihr erster Roman erschien 1994. Für »Die Vegetarierin« wurde sie gemeinsam mit ihrer Übersetzerin 2016 mit dem Man Booker International Prize ausgezeichnet, für »Menschenwerk« mit dem renommierten italienischen Malaparte-Preis. »Weiß« war ebenfalls für den Booker Prize nominiert. 2024 erhielt Han Kang den Nobelpreis für Literatur. Sie lebt in Seoul.

Zuletzt erschienen im Aufbau Verlag ihr Roman »Unmöglicher Abschied« und in Die Andere Bibliothek ihr Kinderbuch »Donnerfee und Blitzfee«.

Alle lieferbaren Titel der Autorin sehen Sie unter aufbau-verlage.de.

KI-HYANG LEE, geboren 1967 in Seoul, studierte Germanistik in Seoul, Würzburg und München. Sie lebt in München und arbeitet als Lektorin, Übersetzerin und Verlegerin.

In einem Klassenzimmer in Seoul beobachtet eine junge Frau ihren Griechischlehrer. Sie versucht, zu sprechen, aber sie hat ihre Stimme verloren. Ihr Lehrer fühlt sich zu der stummen Frau hingezogen, denn er verliert von Tag zu Tag mehr von seinem Augenlicht. Bald entdecken die beiden, dass ein tiefer Schmerz sie verbindet. Sie hat in nur wenigen Monaten sowohl ihre Mutter als auch den Kampf um das Sorgerecht für ihren neunjährigen Sohn verloren. Für ihn ist es der Schmerz, zwischen Korea und Deutschland aufzuwachsen, zwischen zwei Kulturen und Sprachen hin- und hergerissen zu sein. Langsam entdecken die beiden ein tiefes Gefühl der Einheit, und ihre Stimmen überschneiden sich mit verblüffender Schönheit.

HAN KANG

GRIECHISCH STUNDEN

Roman

Aus dem Südkoreanischen
von Ki-Hyang Lee

atb aufbau taschenbuch

Die Originalausgabe unter dem Titel
희랍어 시간 hy-rab-ŏ si-gan
erschien 2011 bei Munhakdongne Publishing Group,
Seoul.

Die Veröffentlichung dieses Buches wurde von der
DAESAN-Kulturstiftung gefördert.

MIX
Papier | Fördert
gute Waldnutzung
FSC® C083411

ISBN 978-3-7466-4192-8

Aufbau Taschenbuch ist eine Marke der
Aufbau Verlage GmbH & Co. KG

1. Auflage 2026
Vollständige Taschenbuchausgabe

www.aufbau-verlage.de
10969 Berlin, Prinzenstraße 85
Die deutsche Erstausgabe erschien 2024 bei Aufbau,
einer Marke der Aufbau Verlage GmbH & Co. KG

Bei Fragen zur Sicherheit unserer Produkte wenden Sie sich bitte an
produktsicherheit@aufbau-verlage.de.
Umschlaggestaltung zero-media.net, München
unter Verwendung eines Fotos von © Nina Ahn
Satz LVD GmbH, Berlin
Druck und Binden CPI books GmbH, Leck, Germany

Printed in Germany

1

Blank lag das Schwert zwischen uns.

Diese Worte bat er auf seinen Grabstein zu schreiben. Er richtete die Bitte an die schöne junge Maria Kodama, eine Halbjapanerin, die seine Sekretärin war, bevor der Schriftsteller sie dann im hohen Alter von 87 Jahren heiratete. Sie war es, die in den letzten drei Monaten seines Lebens nicht von seiner Seite wich. Der Tod ereilte ihn in Genf, wo er seine Jugend verbracht hatte und wo er begraben werden wollte.

Ein Geisteswissenschaftler hat in einer Arbeit behauptet, diese kurze Grabinschrift bedeute so viel wie einen ›scharfen Schnitt‹ machen. Er sah sie als Schlüssel zu Borges' literarischem Werk – ein Messer, das sich zwischen das vorherrschende Literaturverständnis und die Borges'sche Schreibweise schob –, während ich darin ein ganz persönliches und wohl gewähltes Bekenntnis sah.

Dieser kurze Satz stammt aus einem alten nordischen Epos. In der ersten und letzten Nacht, die ein Mann und eine Frau zusammen verbringen, wird ein Schwert zwischen sie gelegt und bleibt dort bis zum Morgengrauen. Was könnte also dieser ›scharfe Schnitt‹ anderes sein als die Entfremdung, die am Ende seines

Lebens durch fortschreitende Erblindung zwischen ihm und der Welt entstanden ist.

Ich war bereits einmal in der Schweiz, ohne jedoch nach Genf zu fahren. Ich wollte sein Grab nicht unbedingt sehen. Stattdessen besuchte ich die Bibliothek von St. Gallen, die Borges mit Sicherheit ins Schwärmen gebracht hätte (ich erinnere mich noch, wie rau sich die Filzpantoffeln anfühlten, die die Besucher anziehen mussten, um das tausend Jahre alte Parkett zu schützen), bestieg in Luzern eine Fähre und schwebte über das Wasser, bis die Sonne hinter den Schluchten der schneebedeckten Alpen unterging.

Ich habe keine Fotos gemacht. Die Landschaft ist nur in meine Netzhaut eingebrannt. Unmöglich, Geräusche, Gerüche und Haptik mit einem Fotoapparat einzufangen. Sie sind alle einzeln in meinen Ohren, meiner Nase, meinen Augen und meinen Händen verewigt. Das reichte mir zum damaligen Zeitpunkt. Es gab da auch noch nicht das Schwert, das sich zwischen mich und die Welt schob.

2

Schweigen

Die Frau verschränkt die Hände vor der Brust. Mit gerunzelter Stirn betrachtet sie die schwarze Tafel.

»Bitte, versuchen Sie das vorzulesen«, sagt der Mann mit den dicken Brillengläsern lächelnd.

Sie bewegt die Lippen. Mit der Zungenspitze befeuchtet sie die Unterlippe. Sie sitzt da und knetet ihre Hände. Es ist mucksmäuschenstill. Sie öffnet den Mund und schließt ihn gleich wieder. Sie hält kurz den Atem an, bevor sie tief Luft holt. Er unterstützt sie, indem er einen Schritt auf die Tafel zumacht, um ihr zu signalisieren, dass er so lange wie nötig warten würde:

»Lesen Sie.«

Die Lider der Frau flattern, ganz wie bei einem Insekt, das seine Vorderflügel heftig aneinanderschlägt. Sie kneift einmal kräftig die Augen zusammen, bevor sie sie wieder öffnet. Als hoffte sie, durch diese Bewegung an einen anderen Ort teleportiert worden zu sein.

Der Mann rückt seine Brille zurecht. An den Fingern lassen sich Spuren von weißer Kreide erkennen. »Versuchen Sie es nur. Ich bin ganz Ohr.«

Sie trägt einen schwarzen hochgeschlossenen Pullover und eine ebenfalls schwarze Hose. Genauso wie die Jacke, die sie über die Rückenlehne ihres Stuhls gehängt hat. Aus einer schwarzen Stofftasche lugt ein gestrickter schwarzer Schal. Über ihrer Kleidung, die wirkt, als käme die Frau gerade von einer Beerdigung, sitzt ein grobporiges, mageres Gesicht. Ähnlich einer Ton-Figur, die man in die Länge gezogen hat.

Sie ist weder jung noch schön. Aus den Augen spräche eine gewisse Intelligenz, wenn nicht die flatternden Lider verhindern würden, dass man das bemerkt. Mit nach vorne gekrümmten Schultern und rundem Rücken scheint sie sich durch ihr trauriges Aussehen der Aufmerksamkeit anderer entziehen zu wollen. Ihre Nägel sind furchtbar kurz geschnitten. Der einzige Farbtupfer an ihr ist ein purpurroter Haargummi aus Samt, um das linke Handgelenk geschlungen.

»Lesen wir alle gemeinsam.«

Er kann nicht länger warten. Sein Blick wandert von ihr über die Stuhlreihe zu dem jugendlich aussehenden Studenten, über den Mann in den mittleren Jahren, halb verdeckt durch eine Säule, bis zu dem großen jungen Mann mit seinen hängenden Schultern direkt am Fenster.

»Emos, hemeteros. Mein, unser.«

Die drei Männer sprechen ihm nach, leise und schüchtern.

»Sos, humeteros. Dein, euer.«

Er steht etwas erhöht auf dem Lehrerpodest. Von

Statur her eher klein, geht er auf die vierzig zu. Seine Augenbrauen sind markant, ebenso die Ausprägung des Philtrums, der beiden Linien zwischen Nase und Oberlippe. Seine leicht gekräuselten Mundwinkel deuten darauf hin, dass er seine Gefühle unter Kontrolle hat. Auf die dunkelbraune Cordjacke sind an den Ellbogen beige Lederflecken genäht. Die etwas zu kurzen Ärmel geben den Blick frei auf seine Handgelenke. Eine Narbe in seinem Gesicht – nur ein feiner geschwungener Strich, etwas heller als die Haut, der unter dem linken Auge beginnt und sich bis auf Höhe der Lippen erstreckt – hat die Aufmerksamkeit der stummen Frau auf sich gezogen. Als sie diese Linie in der ersten Unterrichtsstunde entdeckte, sah sie darin einen Weg auf einer alten Landkarte, der die Spur einer vor langer Zeit geflossenen Träne markierte.

Hinter den dicken grüngetönten Brillengläsern starren seine Augen gebannt auf ihren geschlossenen Mund. Das leichte Lächeln verschwindet aus seinen Mundwinkeln und macht einem ausdruckslosen Gesicht Platz. Er wendet sich ab. Schnell schreibt er einen kurzen Satz in Altgriechisch an die Tafel. Die Kreide bricht und ein Stück fällt zu Boden, bevor er die Akzente setzen kann.

~

Ein Jahr zuvor, das Frühjahr neigte sich seinem Ende zu, stand die Frau vor einer Tafel und stützte sich mit kreideverschmierter Hand ab. Schon seit ungefähr einer Minute suchte sie nach dem passenden Wort, um ihren Satz fortzusetzen. Ihre Schüler wurden unruhig. Mit weitaufgerissenen Augen stand sie da, doch ihr Blick ging ins Leere. Sie nahm weder die Schüler noch ihre Umgebung wahr.

»Ist alles in Ordnung mit Ihnen?«, fragte besorgt eine kraushaarige Schülerin aus der ersten Reihe mit niedlichen Augen. Vergeblich versuchte die Frau sich ein Lächeln abzuringen, brachte aber nur ein kurzes Wimpernzucken zu Wege. Zwischen bebenden zusammengepressten Lippen konnte sie gerade noch herausquetschen:

Es ist wieder da.

Die Laute schienen nicht aus ihrem Kehlkopf über die Zunge zu kommen, sondern von weit her.

Die Schüler, ungefähr vierzig, sahen sich an und tuschelten: »Was ist los?« »Was hat sie?« Von einer Bank zur nächsten gingen Fragen hin und her. Ihr blieb nur eine Möglichkeit. Sie musste das Klassenzimmer verlassen, möglichst ohne die Haltung zu verlieren. Das tat sie dann auch, zumindest so gut sie konnte. Sobald sie auf dem Gang war, schwoll das Geflüster in dem Raum hinter ihr an, als hätte man einen Lautsprecher plötzlich aufgedreht, sodass sie das Klackern ihrer Absätze auf dem Steinboden nicht mehr hörte.

Nach ihrem Universitätsstudium hatte sie zunächst etwa sechs Jahre in einem Verlag und einem unabhängigen Lektoratsbetrieb gearbeitet. Nun waren es schon bald sieben Jahre, dass sie an zwei Universitäten und einem Kunstgymnasium im Großraum Seoul Literatur unterrichtete. Während dieser Zeit hatte sie in Abständen von drei bis vier Jahren insgesamt drei Bändchen mit ernsten Gedichten veröffentlicht und schrieb nun schon seit einigen Jahren eine Kolumne für ein Literaturmagazin, das zwei Mal im Monat erschien. Seit kurzem nahm sie als Gründungsmitglied eines Kulturmagazins, dessen Name allerdings noch nicht endgültig feststand, jeden Mittwochnachmittag an einer Planungssitzung teil.

Da *es* wieder aufgetreten war, hatte sie alle Aktivitäten eingestellt.

Ihrer Meinung nach war sie grundlos und aus heiterem Himmel davon überfallen worden.

Zugegeben, ihre Mutter war vor sechs Monaten gestorben, und im Zuge ihrer Scheidung vor einigen Jahren hatte sie schließlich das Sorgerecht für ihren neunjährigen Sohn verloren. Nachdem sie durch drei Instanzen gegangen war, war ihr Sohn vor fünf Monaten endgültig zu ihrem Exmann gezogen. Seitdem litt sie unter Schlaflosigkeit, und der grauhaarige Psychologe, den sie deswegen aufsuchte, konnte nicht verstehen, warum sie ihre Augen vor dem Offensichtlichen verschloss. Die Gründe lägen doch auf der Hand.

Nein, hatte sie auf das weiße Blatt geschrieben, das vor ihr auf dem Tisch lag. *Das ist nicht so einfach.*

Das war die letzte Sitzung mit ihm. Dass sie alles aufschreiben musste, nahm viel zu viel Zeit in Anspruch und führte darüber hinaus zu Missverständnissen. Daher hatte sie auch freundlich, aber bestimmt seinen Vorschlag abgelehnt, ihr einen auf Sprachstörungen spezialisierten Kollegen zu empfehlen. Davon abgesehen hätte sie auch gar nicht mehr die Mittel gehabt, um sich so eine teure Therapie leisten zu können.

~

Das Kind war sehr intelligent. Zumindest hatte ihm das seine Mutter immer wieder gesagt, während des langen Jahres ihrer Chemotherapie. Als ob dies etwas sei, von dem sie ihr Kind unbedingt noch überzeugen musste, bevor sie starb.

Zweifellos stimmte das, zumindest was die Sprachbegabung betraf. Mit vier Jahren hatte sich die Kleine selbst die koreanische Schrift beigebracht. Sie hatte die Schreibweise der Wörter einfach auswendig gelernt, ohne sich über das Wesen von Vokalen und Konsonanten im Klaren zu sein. Erst als sie sechs war, hatte ihr der große Bruder, der schon zur Schule ging, den Aufbau der koreanischen Sprache nähergebracht, indem er den Lehrer spielte. Seine Erklärungen hatten sie zunächst verwirrt. Aber danach verbrachte sie ihre Nachmittage damit, dass sie sich, im Hof hockend, die Sache mit den Konsonanten und den Vokalen immer wieder durch den Kopf gehen ließ. Dabei fand sie heraus, dass der Laut ㄴ[n] sich ein wenig anders anhört, wenn ihm ein ㅏ[a] folgt, als wenn ihm ein ㅣ[i] folgt, und dass es sich bei ㅅ[s] ebenso verhält. Daraufhin probierte sie alle möglichen Kombinationen, die sich mit den verschiedenen Vokalen und einem Konsonanten bilden ließen. Da in ihrer Muttersprache nie der Buchstabe ㅡŭ^{ŭ} auf ein ㅣ^{i} folgte, konnte es also auch beim Schreiben keinen Diphthong dafür geben.

All diese Entdeckungen versetzten sie dermaßen in Aufregung und Verzückung, dass sie sich zwanzig Jahre später, als der Psychologe sie nach ihrer ersten starken Gefühlsregung fragte, an den sonnendurchfluteten Hof erinnerte und an das Gefühl der wärmenden Sonnenstrahlen im Nacken und auf ihrem Rücken – verbunden mit den Buchstaben, die sie mit einem Stöckchen in den Boden geritzt hatte. Die wunderbare Verheißung der Laute, deren Kombinationen sie schwindlig werden ließen.

Als sie schließlich selbst in die Grundschule gehen durfte, begann sie, hinten in ihrem Tagebuch Wörter aufzuschreiben. Nicht weil sie einem besonderen Zweck dienen sollten oder eine besondere Bedeutung hatten, sondern nur, weil ihr das Schriftbild gefiel. Ihr Favorit war das Wort 숲^{Wald}. Die Form erinnerte sie an eine buddhistische Pagode: das ㅍ^{p} war der Sockel, das ㅜ^{u} die Säule und das ㅅ^{s} das Dach. Sie liebte das Gefühl der langsam und sanft ausströmenden Luft, wenn sie das Wort Buchstabe für Buchstabe aussprach: ㅅ^{s} - ㅜ^{u} - ㅍ^{p}. Das kurze Öffnen der Lippen, gefolgt von einem leichten Kräuseln in der Mitte, bevor sie sich wieder schlossen. Die Stille danach vollendete das Wort. Es strahlte in all seinen Aspekten – der Aussprache, der Bedeutung und der Form – eine Ruhe aus, die sie faszinierte und die sie immer wieder aufs Neue herstellen wollte. 숲sup. 숲sup.

Entgegen dem Bild, das ihre Mutter von ihr zeichnete, wonach sie sehr intelligent sei, fiel sie jedoch bis zum Ende ihrer Mittelschulzeit nicht besonders auf. Weder als Störenfried, noch weil ihre Noten herausragend gewesen wären. Sie hatte wohl ein paar Freundinnen, traf sich aber nach der Schule nie zum Spielen mit ihnen. Als Jugendliche wirkte sie unbeteiligt. Sie verbrachte ihre Zeit nicht vor dem Spiegel, außer beim Waschen und Zähneputzen, und zeigte nicht einmal einen Funken Interesse am anderen Geschlecht. Nach dem Unterricht begab sie sich immer in die örtliche Bücherei in der Nähe der Schule, um dort andere als ihre Schulbücher zu lesen oder auszuleihen. Vor dem Einschlafen kuschelte sie sich in ihre Decke und las. Nur sie selbst wusste, dass ihr Leben sich in zwei Hälften splittete, die unterschiedlicher nicht sein konnten. Die Wörter, die sie hinten in ihr Tagebuch schrieb, machten sich selbstständig und formten sich zu neuen unbekannten Sätzen, die sich ständig in ihre Träume bohrten wie Eisenstangen. Dann fuhr sie aus dem Schlaf hoch und riss die Augen auf. Je häufiger dies passierte, desto mehr litt ihr Nervenkostüm. Sie wurde schreckhaft, und manchmal durchfuhr sie aus unerklärlichen Gründen ein stechender Schmerz, der sich bis in ihre Magengrube ausbreitete, als drücke man glühendes Eisen hinein.

Am schmerzhaftesten war, dass sie jedes Wort, das sie sagte, in unerbittlicher Schärfe in ihrem Inneren hörte. Ein Satz, und war er einfach nur so dahingesagt, führte ihr unerbittlich wie ein Blick durch klares Eis ihre Perfektion und ihre Unvollkommenheit, ihre Aufrichtigkeit und ihre Lügen, ihre Schönheit und ihre Hässlichkeit vor Augen. Sie schämte sich für die Sätze, die sie von sich gab, ob nun gesprochen oder geschrieben, als seien sie klebrige Fäden eines Spinnennetzes. Sie hatte das Gefühl, sich übergeben zu müssen oder laut zu schreien.

Eines Winters, sie war gerade siebzehn geworden, hörte es schlagartig auf. Die Wörter, die sie als Gefangene hielten und piesackten wie ein mit tausenden von Nadeln gespicktes Gewand, verschwanden plötzlich im Nichts. Gerade noch hörte sie sie in ihrem Kopf und dann legte sich eine Stille zwischen ihren Gehörgang und ihr Gehirn, ein dicker dämpfender Nebelpfropf. Die Erinnerung daran, wie die Zunge und die Lippen Laute formten und wie die Hand sicher den Bleistift hielt, war auf einmal nicht mehr greifbar. Einfach von dieser dumpfen Stille verschluckt. Sie dachte nicht mehr in Wörtern. Handelte nicht mehr nach Worten, verstand ohne Worte. Bevor sie zu sprechen lernte, ja noch bevor sie zur befruchteten Eizelle wurde, hatte eine stille Leere sie von allen Seiten umfangen wie Watte und den Lauf der Zeit in sich aufgesogen.

Ein halbes Jahr verbrachte sie in sengender Hitze zusammengekauert in einer Ecke des Hofes. Desselben Hofes, in dem sie die Welt der Konsonanten und der Vokale entdeckt hatte. Dort vergrub sie die Tabletten, die ihr der Psychiater – ihre Mutter hatte sie zu ihm geschleppt – verabreichte und die sie, statt sie zu schlucken, unter der Zunge behielt. Noch bevor der Sommer kam, war ihr Nacken gebräunt, und ihre Nase, auf der immer Schweißperlen standen, zierte Sonnenbrand. Gedüngt von den Medikamenten entwickelten sich die Blüten des Feuersalbeis besonders prächtig und zeigten ihre karmesinroten Staubgefäße. Zu dieser Zeit waren der Arzt und ihre Mutter übereingekommen, dass sie wieder zur Schule gehen sollte. Es war klar, dass es auch nicht weiterhalf, wenn sie zuhause herumsaß. Denn irgendwie sollte sie die nächste Jahrgangsstufe erreichen.

Im Februar hatte sie den Übertrittsbescheid der staatlichen Oberschule erhalten, den Schulhof jedoch wegen ihres Zusammenbruchs kein einziges Mal betreten. Nun lag er verwaist da. Während ihrer Abwesenheit war die Klasse mit dem Stoff gut vorangekommen. Die Lehrer waren durch die Bank, ob jung oder alt, sehr autoritär. Kein Mitschüler interessierte sich für das Mädchen, das von früh bis spät schwieg. Wenn sie aufgerufen wurde, etwas vorzulesen, oder im Sportunterricht eine Anweisung erhielt, starrte sie nur stumm in das Gesicht des jeweiligen Lehrers, der sie dann zur Strafe in den hinteren Teil des Klassenzimmers verbannte oder ihr im Extremfall eine Ohrfeige gab.

Entgegen der Hoffnung der Mutter und der Erwartung des Arztes trug der Alltag in der Gemeinschaft nicht dazu bei, ihren Panzer des Schweigens aufzubrechen. Vielmehr empfand sie die Stille, die ihren

Körper ausfüllte, wie einen dunklen Krug, als intensiv und angenehm. Sie kam nach Hause, fast schwebend, als bewege sie sich in einer riesigen Seifenblase durch eine Menschenmenge. In dieser wabernden Ruhe schienen ihr die Autos zu rasen und schrille Geräusche von sich zu geben. Sie hatte den Eindruck, Passanten rempelten sie an und eilten davon, ohne Notiz von ihr zu nehmen. Sie fühlte sich, als befände sie sich unter Wasser und betrachte von dort das Treiben an der Oberfläche.

Erst viel später fragte sie sich, was gewesen wäre, wenn während einer ganz normalen Unterrichtsstunde kurz vor den Winterferien nicht ein einziges eingeworfenes französisches Wort sie so aus dem Gleichgewicht gebracht hätte. Wenn sie sich nicht plötzlich an diese Sprache erinnert hätte wie an ein verkümmertes Organ.

Dass es ausgerechnet ein französisches Wort war, kein chinesisches Schriftzeichen, kein englisches Wort, musste dem Umstand geschuldet sein, dass dies in der Oberschule ihre zweite Fremdsprache war, in der zehnten Klasse gerade erst begonnen. Damals hatte sie die dunkelgrüne Tafel angestarrt, wie üblich stumm, den Blick ins Unendliche. Der Lehrer, klein und halb kahl, hatte das Wort an die Tafel geschrieben, darauf gezeigt und es laut ausgesprochen. Wie bei einem kleinen Kind hatten ihre Lippen sich bewegt, ohne dass sie sich dessen bewusst war. *Bibliothèque*, murmelte eine Stimme tief in ihr. Fern von Zunge und Kehlkopf.

Sie wusste kaum, wie entscheidend dieser Augenblick gewesen war.

Die Angst war noch nicht greifbar. Der Schmerz hielt noch einen Moment inne, bevor er sich wie ein lautloses Feuer in ihrem Bauch ausbreitete. An dem Ort, an dem sich Buchstaben, Laute und ein Agglomerat verschiedener Bedeutungen trafen, brannten Freude und Schuldgefühle zusammen langsam vor sich hin, wie die Zündschnur einer Bombe.

~

Sie legt beide Hände auf den Tisch. Verkrampft und mit gesenktem Kopf. Als sei sie ein kleines Kind, das darauf wartet, dass die Sauberkeit seiner Nägel überprüft wird. Sie hört die Stimme des Mannes durch den Klassenraum schallen:

»Ich habe Ihnen doch in der letzten Stunde kurz erklärt, dass es im Altgriechischen nicht nur Aktiv und Passiv gibt, sondern noch eine dritte Form.«

Der junge Mann aus ihrer Reihe nickt energisch. Er ist Student im zweiten Jahr Philosophie mit Pausbacken und Pickeln auf der Stirn, der schlau und spitzbübisch wirkt.

Ihr Blick wandert zum Fenster, bleibt am Profil des Studenten im Masterstudiengang Medizingeschichte hängen. Nachdem er mit Ach und Krach das Physikum geschafft hatte, entschied er sich gegen den Beruf des Arztes, weil es ihm nicht behagte, für das Leben Anderer die Verantwortung zu übernehmen. Mit seinem fülligen Gesicht, das über einem Doppelkinn thront und in dem eine schwarze Hornbrille mit runden Gläsern sitzt, vermittelt er im ersten Augenblick den Eindruck, ein Gemütsmensch zu sein. Dieser dickleibige Mann verbringt seine Pausen damit, mit dem Pickeligen ununterbrochen und munter dummes Zeug zu reden. Aber kaum hat der Unterricht begonnen, ändert sich sein Verhalten. Seine Furcht, Fehler zu machen, und die Anspannung, die ihn stets fest im Griff hat, sind spürbar.

»Diese Form, die man Medium nennt, drückt aus, wie sich eine Handlung auf den Handelnden auswirkt.«

Hinter dem Fenster tauchen hier und da auf den Fassaden einiger dunkler, niedriger Wohnblöcke orange Lichter auf. Die jungen, noch blätterlosen Bäume sind wegen ihrer dünnen schwarzen Äste kaum mehr in der Dunkelheit auszumachen. Sie starrt stumm die öde Landschaft an, dann das gespannte Gesicht des fülligen Mannes und zuletzt das fahle Handgelenk des Griechischlehrers.

Diese Stille, die nach zwanzig Jahren wiedergekehrt ist, ist im Gegensatz zu früher weder warm, dicht oder heiter. Ähnelte sie damals der Ruhe kurz vor einer Geburt, fühlt sie sich jetzt an wie nach dem Tod. Hatte die Frau damals das Gefühl, unter Wasser zu sein und die Welt von dort aus zu betrachten, ist sie heute zu einem Schatten geworden, der über die harte Oberfläche von Wänden und Böden kriecht, das Leben wie in einem großen Aquarium von außen durch die Scheibe betrachtet. Sie hört und versteht jedes geschriebene Wort ganz genau, aber ihr kommt kein Ton über die Lippen. Die Stille ist kalt und konturlos, wie ein Schatten, der seinen Körper verloren hat, ein hohler Baumstumpf oder der dunkle Raum zwischen zwei Meteoriten.

Sie hätte sich vor zwanzig Jahren nicht im Traum vorstellen können, dass ausgerechnet eine Fremdsprache ihre Sprachlosigkeit beenden würde. Wenn sie heute in dieser Privatschule Altgriechisch lernt, dann, weil sie unbedingt aus eigenem Willen ihre Sprache wiederfinden möchte. Im Gegensatz zu ihren Mitschülern hat sie wenig Interesse daran, die Schriften Platons, Homers oder Herodots im Original zu studieren oder Texte in Neugriechisch zu lesen. Wenn es einen Kurs in Birmanisch oder Sanskrit gäbe, hätte sie sofort auch diesen genommen, obwohl ihr die Schrift dieser Sprachen noch fremder ist.

»Nehmen wir zum Beispiel das Wort ›kaufen‹. Das *Medium* ordnet es als auf eine Person bezogen ein, da man etwas für sich selbst kauft. Bei dem Wort ›lieben‹ drückt das *Medium* eine Wechselwirkung zwischen dem Liebenden und der Sache aus, die geliebt wird. Im Englischen sagt man doch *he kills himself.* Im Altgriechischen kann man auf den Zusatz ›himself‹ verzichten. Das sieht dann so aus«, sagt der Mann, während er eine Verbform an die Tafel schreibt.

ἀπήγξατο.

Nachdem sie einen Augenblick nachdenklich die Tafelaufschrift betrachtet hat, nimmt sie ihren Bleistift und schreibt das Wort in ihr Heft. Sie hat noch nie eine

Sprache mit so komplizierten Regeln kennengelernt. Die Konjugation der Verben richtet sich nach der Person, der Anzahl, dem Aspekt, der Zeit und dem Genus Verbi, also Aktiv, Medium oder Passiv. Aber dank all dieser ausgeklügelten und präzisen Regeln sind die Sätze kurz und prägnant. Ein Subjekt ist nicht notwendig. Auch die Reihenfolge der Wörter ist unwichtig. Dieses einzige Verb hier auf der Tafel, konjugiert in der dritten Person Einzahl, im Medium des Perfekts, sagt aus, was passiert ist: *Er hat schon versucht, sich zu töten.*

Als das Kind, das sie vor acht Jahren zur Welt gebracht hatte und für das sie nicht mehr erziehungsberechtigt war, zu sprechen anfing, träumte sie von einem Wort, das alle Sprachen der Welt in sich vereint. Dieser Alptraum war so realistisch, dass sie schweißgebadet aufwachte. Ein Wort von unglaublicher Dichte und Schwere. Es würde sich, sobald es jemand aussprach, sofort aufblähen und in einer Art Urknall explodieren. Jedes Mal, wenn sie wegen des unruhigen Schlafs ihres Kindes an seinem Bett saß und dabei einnickte, träumte sie, dass dieser unfassbar schwere Kristall aus Sprachen sich wie eine kalte Granate in den kräftig kontrahierenden Kammern ihres warmen Herzens einnistete.

Ein einziger Gedanke genügt, um ein Gefühl der Angst in ihr aufsteigen zu lassen, das sie mühsam versucht mit zusammengebissenen Zähnen zurückzudrängen. Sie schreibt:

διεφθάρθαι.

Ein Wortsinn, kalt und hart wie eine Säule aus Eis.

Ein Wortsinn, so selbsterklärend, dass kein weiteres Wort nötig ist.

Ein Wortsinn, der, hat man sich einmal entschlossen, das Wort auszusprechen, eine unwiderrufliche Aussage macht.

~

Die Nacht ist nicht lautlos.

Der ohrenbetäubende Lärm der nahen Autobahn ritzt in die Trommelfelle der Frau abertausende Schnitte, wie von einer Schlittschuhkufe.

Die purpurfarbene Magnolie, deren vernarbte Blätter schon abzufallen beginnen, leuchtet im Licht der Straßenlaterne. Die Frau bahnt sich einen Weg, vorbei an den wohlriechenden Blüten, die an den Ästen aufscheinen, durch die besondere Atmosphäre dieser lauen Frühlingsnacht, die selbst in der Zerstörung noch einen betörend süßlichen Duft ausströmen würde. Von Zeit zu Zeit fährt sie sich mit beiden Händen über das Gesicht, obwohl sie weiß, dass nichts über ihre Wangen rinnt.

Ohne einen Blick auf ihren Briefkasten zu werfen, in dem sie Prospekte und Rechnungen vorfinden würde, steckt sie den Schlüssel in das Schloss einer stattlichen Tür neben dem Fahrstuhl im Erdgeschoss.

Weil sie den festen Vorsatz hat, sich das Sorgerecht für ihr Kind zurückzuholen, ist in der Wohnung alles so geblieben, wie es war. In dem kleinen Regal neben dem Sofa mit dem abgewetzten Bezug stehen die Bilderbücher ihres Sohnes, seit er drei ist. Außerdem mit selbstklebenden Tiermotiven verzierte Schachteln, randvoll mit Legosteinen unterschiedlicher Farben und Größen.

Sie ist vor einigen Jahren extra in diese Wohnung umgezogen, damit sich ihr Sohn nach Herzenslust austoben konnte. Aber er wollte nicht herumrennen oder gar trampeln. Als sie ihm sagte, er dürfe sogar Seilspringen, fragte er: »Wird das nicht die Regenwürmer und die Schnecken in der Erde stören?«

Er war kleiner als seine Spielkameraden und von schmächtigem Körperbau. Wenn er in einem Buch eine gruselige Passage las, konnte es passieren, dass er Fieber kriegte, und wenn er unter Stress stand, musste er sich übergeben, bekam Durchfall. Die Gründe, warum sie den Prozess verloren hatte, waren offensichtlich. Er war der einzige Sohn, das erste Enkelkind und kein Baby mehr. Ihr Mann konnte ihre schwache psychische Konstitution ins Feld führen und behaupten, sie wirke negativ auf die Entwicklung des Kindes – die Termine, die sie als Jugendliche bei dem Psychiater gehabt hatte, wurden als Beweis vorgebracht und gegen sie verwendet. Außerdem verdiene sie deutlich weniger und unregelmäßiger als er, der im Jahr zuvor befördert worden und in die Zentrale der Bank gewechselt war. Im Augenblick hat sie überhaupt kein Einkommen mehr, was ein Wiederaufnahmeverfahren in weite Ferne rücken lässt.

~

Ohne auch nur einen Gedanken an ihre Schuhe zu verschwenden, lässt sie sich im Gang auf den Boden sinken und entledigt sich der Tasche mit dem Lehrbuch und dem dicken Griechisch-Wörterbuch, einem Heft und einem flachen Federmäppchen. Sie wartet mit geschlossenen Augen, dass das gelbliche Ganglicht automatisch ausgeht. Dann öffnet sie in der Finsternis die Augen und betrachtet die Möbel, die im Dunkeln schwarz erscheinen. Schwarz wirken auch die Vorhänge und der Balkon, in absolute Stille getaucht. Sie öffnet leicht die Lippen, nur um sie sofort wieder aufeinanderzupressen.

Die Zündschnur, die zu der Granate in ihren Herzkammern führt, ist verloschen. Ihre Mundhöhle ist leer wie der Schacht eines ruhenden Aufzugs oder wie ein Blutgefäß ohne Blut. Mit dem Handrücken fährt sie über ihre immer noch trockenen Wangen.

Sie hätte die Bahnen ihrer Tränen aufzeichnen sollen.

Sie hätte mit einer Nadel oder einem Blutstropfen den Weg nachfahren sollen, den ihre Worte genommen hatten.

Allerdings war der Weg so furchtbar, murmelte sie an einem Ort, jenseits von Mund und Kehle.

3

Der Sommer hatte begonnen und ich war gerade fünfzehn Jahre alt.

Es war Sonntagabend und der Vollmond versteckte sich des Öfteren hinter dunklen Wolkengebilden, bevor er strahlend wieder hervorkam. Ich ging den dunklen Gehsteig entlang, während ich diesen Mond ansah, der mich an einen Silberlöffel erinnerte, von dem man die dunklen Flecken nicht mehr abbekam. Für einen Augenblick sah ich durch den Wolkenschleier seinen Halo, der sich in malvenfarbigen Kreisen am Himmel abzeichnete. Auf mich wirkte er wie ein Zeichen, geheimnisvoll und beunruhigend zugleich.

Von meinem Zuhause in Suyuri bis zur Kreuzung am Monument des 19. April waren es nur drei Stationen mit dem Bus. Aber da ich langsam ging, war es schon ziemlich spät. Als ich auf Höhe des Buchladens an der Ecke ankam, hatten auf den Fernsehern, die in der Auslage eines benachbarten Elektrogeschäfts standen, gerade die 21-Uhr-Nachrichten begonnen. Ich betrat den Buchladen genau in dem Augenblick, als der Inhaber, ein Mann reiferen Alters in Hosenträgern und einem grauen zerknitterten Hemd, gerade schließen wollte. Nachdem ich ihn überzeugt hatte, mir noch fünf Minuten zu geben, beeilte ich mich, in den Regalen mehrere Bücher zu suchen. Dabei fiel mir eine übersetzte Taschenbuchausgabe von Borges' öffentlichen Vorträgen über den Buddhismus in die Hände.

Was mein Interesse für den Buddhismus damals geweckt hatte, war einzig und allein die Feier zu Ehren Buddhas Geburtstag, die ich zusammen mit meiner Mutter und meiner kleinen Schwester zwei Wochen zuvor besucht hatte. Ich durfte den ganzen Tag und den Abend einem Schauspiel beiwohnen, das mir als das Schönste erschien, was ich bis dahin erlebt hatte. In dem Hof vor dem Haupttempel schaukelten Lampions in der Sonne, beklebt mit Lotosblüten, die aus Hunderten von hauchdünnen lilafarbenen Seidenpapierstücken bestanden. Nachdem ich im Schatten einer Ulme vor der Küche die faden Nudeln gegessen hatte, dort nur an diesem Tag ausgeteilt, wartete ich darauf, dass es dunkel wurde. Als es so weit war und die Lampions endlich leuchteten, war ich wie berauscht. Von den Kerzen in den Hunderten von Lampions, die wie ein rotweißes Blumenmeer wirkten, ging ein warmer und lieblicher Schein aus, der durch die ebenholzfarbige Dunkelheit tanzte. »Wir gehen jetzt nach Hause«, erklärte meine Mutter, aber ich brachte es nicht fertig, mich loszureißen.

Warum kam mir in aller Klarheit das Bild dieser Lampions in den Sinn, als meine Mutter eines Sonntagmorgens verkündete, dass die ganze Familie in zwei Monaten Korea verlassen würde? An dem Abend, als ich aufbrach, eine deutsche Grundgrammatik und Kassetten zum Hörverständnis zu kaufen, bekam ich eine leise Ahnung, dass der Eindruck, den die Lampions in mir hinterlassen hatten, nicht religiösen Ursprungs sein konnte. Meine Mutter war großzügig mit dem Geld gewesen und so stürzte ich mich auf die Taschenausgabe von *Sutta Nipata* und *Dhamapada*, sowie die *Lehren des Sutra Avatamsaka* und des *Sutra Mahaparinirvana*, beide im Hyonamsa Verlag erschienen, deren Buchumschläge eine mit Lotosblumen verzierte Dachschindel zeigten. Insgeheim gab ich mich dem durch nichts begründeten Aberglauben hin, dass diese Bücher mich und meine Familie in Deutschland beschützen könnten. Ein Land, am anderen Ende der Welt.

Dass das Buch von Borges auf meinen Einkaufsstapel geriet, lag daran, dass ich dachte, ein Buch über Buddhismus, geschrieben von einem westlichen Autor, könne mir als einfach verständliche Einführung dienen. Dem Schwarzweiß-Foto oben rechts auf dem dunkelgrünen Einband schenkte ich damals wenig Beachtung. Es zeigte Borges mit halbgeschlossenen Lidern, die Hände vor der Brust gefaltet, als betete er oder wäre von Reue geplagt.

Während der siebzehn Jahre in Deutschland las ich immer wieder aufmerksam diese Bücher. An manchen Abenden verharrte ich aber auch einfach nur lange auf einer Seite, um mir die Freude zu gönnen, die Form der koreanischen Schrift zu bewundern. Welches dieser Bücher ich auch immer öffnete, ich spürte auf meinem Arm die leichte Brise der kühlen Nacht in Suyuri, bei Sommerbeginn. Ihnen war es auch zu verdanken, dass ich nie den Mond vergessen habe, der mich an einen fleckigen Silberlöffel erinnert und dessen malvenfarbener Schein zugleich mystisch wie bedrohlich gewirkt hatte.

Mein absolutes Lieblingsbuch waren die *Lehren des Sutra Avatamsaka* (auch später ist mir nirgendwo ein so geniales Gedankensystem untergekommen, das sich an prächtigen Bildern orientierte). Dagegen hatte sich das Buch von Borges, wie schon vermutet, als einfach lesbar und oberflächlich dargestellt, sodass ich es nach einmaligem Durchlesen ins Regal stellte. Ich erinnere mich, dass ich noch ein einziges Mal hineinschaute, als ich mich an der Universität mit den Werken und der Biographie von Borges auf Deutsch auseinandergesetzt hatte.

Heute Morgen musste ich an das grüne Büchlein denken und bin in den Keller gegangen, um einen Koffer danach zu durchsuchen. Während ich die Seiten durchblätterte, stieß ich auf eine krakelig geschriebene Anmerkung. Direkt unter Borges' Satz ›Das Universum ist eine Illusion, leben heißt träumen‹ stand:

Wie lebendig dieser Traum ist. Blut fließt und Tränen sprudeln.

Außerdem erkannte ich noch das deutsche Wort ›Leben‹, jedoch dick durchgestrichen.

Es war unzweifelhaft meine Handschrift, doch mir sagte das Ganze nichts. Ich erkannte nur die dunkelblaue Tinte wieder, die ein Großteil der deutschen Schüler in der Schule verwendet.

Ich öffnete eine Schreibtischschublade, in der sich ein abgenutztes Federmäppchen aus grauem Leder befand. Mein Füllfederhalter war tatsächlich noch da. Kurz nach meiner Ankunft in Deutschland hatte ich ihn gekauft und bis zum zweiten Jahr an der Universität verwendet, dazwischen mehrmals die Schreibfeder erneuert. Ich nahm also die Kappe ab, abgesehen von ein paar Kratzern in gutem Zustand, und legte sie in eine Ecke meines Schreibtisches. Dann ging ich ins Bad, um die eingetrocknete Tinte von der Feder zu entfernen. Ich ließ Wasser ins Waschbecken und tauchte sie hinein. Sofort löste sich die dunkelblaue Farbe wie ein endloser feiner Faden und zog Schlieren.

4

μὴ ἐρωτήσης μηδὲν αὐτόν.
Bitten Sie ihn um nichts.

μὴ ἄλλως ποιήσης.
Handeln Sie nicht anders.

Stumm sitzt sie zwischen den Schülern, die laut und deutlich diese Sätze wiederholen. Der Griechischlehrer hat sich abgewöhnt, eine Bemerkung zu ihrem Schweigen zu machen. Halb zur Tafel gewandt, die von oben bis unten vollgeschrieben ist, wischt er mit einem Baumwolllappen und ausholenden Bewegungen die Sätze weg.

Noch bevor er fertig ist, sind die Schüler wieder ruhig. Der mittelalte schmächtige Mann hinter der Säule streckt sich und klopft mit den Fäusten gegen den unteren Rücken. Der pickelige Philosophiestudent bewegt einen Daumen über sein Smartphone, das vor ihm auf dem Tisch liegt. Der dicke Masterstudent starrt auf die Sätze, die gerade energisch weggewischt werden. Mit leicht geöffneten Lippen, die durch seine Körperfülle noch schmaler wirken, spricht er unhörbar die Wörter nach, die im Verschwinden begriffen sind.

»Anfang Juni fangen wir an, Platon zu lesen. Natürlich werden wir uns parallel dazu auch weiterhin mit der Grammatik beschäftigen«, verkündet der Lehrer, an der nun sauberen Tafel lehnend. Mit der linken Hand, in der anderen hält er die Kreide, rückt er seine Brille zurecht. »Die Menschen, die sich nicht damit zufriedengegeben haben, im Stillen zu sitzen und nur mit Urlauten zu kommunizieren, wie ›oo‹ oder ›uu‹, haben die ersten Wörter erfunden, und Sprache bekam langsam eine Systematik. Als sie ihre Glanzzeit erlebte, folgte sie sehr detaillierten und strikten Regeln. Das erklärt, warum es so schwierig ist, alte Sprachen zu lernen.«

Er zeichnet eine Kurve an die Tafel, die zunächst steil ansteigt, bevor sie etwas sanfter wieder abfällt. Als er weiterspricht, zeigt er auf das Maximum der Kurve:

»Die Sprache, die ihren Perfektions-Höhepunkt erreicht hat, entwickelt sich zwangsläufig wieder von ihm weg, damit sie leichter auszusprechen und einfacher zu gebrauchen ist. Man kann diese Kurve natürlich als Rückentwicklung oder Niedergang sehen, aber auf der anderen Seite auch als Fortschritt betrachten. Die heute gesprochenen europäischen Sprachen sind diejenigen, die es über die Jahrhunderte geschafft haben, Regeln zu lockern und den Wortschatz zu entstauben, um weniger kompliziert zu werden. Wenn Sie Platon lesen, können sie die Schönheit einer alten Sprache genießen, in ihrer Perfektion, die sie vor ein paar Tausend Jahren erreicht hatte.«

Bevor er fortfährt, legt er eine Pause ein. Der mittelalte Mann hinter der Säule hüstelt kurz und verstohlen in seine geballte Faust. Als er sich noch einmal ausgiebig räuspert, wirft der Picklige ihm einen kurzen Blick zu. Dann spricht der Lehrer weiter:

»Anders gesagt: Das von Platon gesprochene Griechisch ist wie eine reife Frucht, kurz bevor sie vom Baum fällt. Danach ist es mit dieser Sprache ziemlich schnell bergab gegangen. Dies war verbunden mit dem gleichzeitigen Niedergang des hellenischen Reichs. Platon stand also an der Schwelle zur Abenddämmerung seines Landes und nicht nur seiner Sprache.«

Sie passt zwar auf, was er sagt, kann aber seinen Ausführungen nicht ganz folgen. In ihren Ohren haben sich Satzfetzen festgesetzt, wie ein filetierter Fisch, dessen Schuppen aus Partikeln und Endungen bestehen. *Im Stillen. Oo oder uu. Nur mit Urlauten. Die ersten Wörter.*

Bevor sie die Sprache verlor – als sie sie zum Schreiben verwendete –, wünschte sie sich gelegentlich, dass die Wörter, die sie benutzte, von dieser Art wären. Seufzer oder stumme Schreie. Töne, die diejenigen von sich geben, die leiden. Heulen. Summen, wie man es im Halbschlaf unweigerlich tut, wenn man sein Kind beruhigen möchte. Lachen, das man nicht stoppen kann. Schmatzen, das sich beim Öffnen der Lippen ergibt.

Es kam ab und zu vor, dass sie die Lippen bewegte und die frisch geschriebenen Wörter las, während sie deren Form betrachtete. Ihr wurde sofort bewusst, wie sehr sich diese flachen insektenartigen Gebilde von der Stimme unterschieden, die sich bereit machte, sie vorzulesen. Dann blieben ihr die Worte im Hals stecken, ihr Mund war trocken und sie schluckte hastig den kaum vorhandenen Speichel hinunter. Wie wenn man auf eine Schnittwunde drückt, um die Blutung zu stillen, oder im Gegenteil den Blutfluss noch anregt, um eine Infektion zu vermeiden.

5

Stimme

Wenn Sie gerade diesen Brief lesen – wenn er also nicht zu mir zurückkam –, dann bedeutet das, dass Ihre Familie immer noch im ersten Stock der Klinik wohnt.

Der Steinbau aus dem 18. Jahrhundert, der einmal eine Druckerei war, muss mittlerweile vollständig von hellgrünen Efeublättern bedeckt sein. In den Ritzen der Treppenstufen zum Hof sind bestimmt violette Veilchen aufgegangen und wieder verschwunden. Die Löwenzahnblumen sind vielleicht schon verblüht, kugelförmige Pusteblumen zurücklassend, die an weißliche Gespenster erinnern. Ameisen, fettgedruckten Ausrufezeichen gleich, erklimmen wahrscheinlich gerade im Gänsemarsch den Rand der Treppe.

Ist Ihre bengalische Mutter immer noch so schön? Ich sehe sie vor mir, gekleidet in farbenfrohe, prächtige Saris. Und Ihr deutscher Vater – er war ja damals schon nicht mehr ganz jung –, praktiziert er noch? Ich erinnere mich, wie er mit seinen eisgrauen Augen meine Augäpfel untersucht hat. Ich habe gehört, Sie hätten eine Tochter bekommen. Hat sie sich gut entwickelt? Sind Sie vielleicht gerade in diesem Moment, während

Sie meinen Brief lesen, mit der Kleinen zu Besuch bei Ihren Eltern? Haben Sie noch das alte Zimmer auf der Nordseite und gehen Sie manchmal mit dem Kinderwagen am Flussufer spazieren? Betrachten Sie immer noch die Sonne, auf Ihrer Lieblingsbank vor der alten Brücke sitzend? Sie hatten immer Streifen eines belichteten Diafilms dabei, um damit Ihre Augen zu schützen.

Das erste Mal, dass ich mit Ihnen auf dieser Bank saß, haben Sie aus der Tasche Ihrer Jeans zwei dieser Zelluloidstücke gezogen. Dann haben Sie Ihre schlanken, braunen Arme gehoben und durch das Zelluloid hindurch in die Sonne geblickt.

Mein Herz klopfte so stark, dass es kaum auszuhalten war. Denn ich hatte Sie früher schon einmal diese Bewegung machen sehen.

Es war an einem Nachmittag Anfang Juni des gleichen Jahres. Ich hatte meinen ersten Termin bei Ihrem Vater. Sie saßen im Hof auf einer Eisenbank und betrachteten durch die Diafilm-Stücke die Sonne. Ihre langen schwarzen Haare trugen Sie zu einem Pferdeschwanz gebunden. Ein Krankenpfleger, der mit ausdruckslosem Gesicht neben Ihnen saß, bat Sie um eines der Filmstücke. Der Anblick zweier erwachsener Menschen, die einträchtig auf einer Bank saßen und je mit einem zugekniffenen Auge in die Sonne starrten, ließ mich schmunzeln.

Ohne zu bemerken, dass ich Sie aus dem Schatten einer Glastür heraus beobachtete, wandte der Mann seinen Blick von der Sonne ab und sprach mit Ihnen. Ihre Augen waren dabei ausschließlich auf seine Lippen gerichtet. Plötzlich gab er Ihnen einen Kuss auf den Mund. Ich war erstaunt, da Sie und er auf mich nicht wie ein Paar wirkten. Sie zuckten zurück, da Sie den Kuss ebenfalls nicht erwartet hatten, aber mit einer großherzigen Geste küssten Sie ihn daraufhin auf die Wange. So als sei das der Beginn einer wunderbaren Freundschaft, entstanden durch die gemeinsame Sonnenbetrachtung, die Sie veranlasste, edelmütige Nachsicht zu üben. Dann sprangen Sie leichtfüßig auf und rissen ihm das Filmstück aus der Hand. Er wurde rot und lächelte verlegen. Sie erwiderten das Lächeln. Als Sie sich entfernten, starrte er ihnen nach, immer noch mit diesem verlegenen Gesichtsausdruck.

Sie können gar nicht ahnen, wie sehr diese Minuten der absoluten Stille mein siebzehnjähriges Leben auf den Kopf gestellt haben. Kurz darauf erfuhr ich, dass Sie, die Tochter des Arztes, als Baby durch einen Fieberkrampf taub geworden waren. Und dass Sie angefangen hatten, in einer Scheune hinter der Klink Holzmöbel zu bauen, nachdem Sie zwei Jahre zuvor die Gehörlosenschule abgeschlossen hatten. Aber all dieses Wissen minderte nicht den Schock, den ich bekam, als ich Zeuge der besagten Szene wurde.

Von da an war ich jedes Mal, wenn ich in die Klinik kam und den Lärm der elektrischen Säge aus Ihrer Werkstatt hörte oder Sie von weitem in Ihrer Arbeitskleidung am Fluss entlanggehen sah, benommen, als umwehte mich plötzlich der betörende Duft von Flieder. Meine Lippen, die noch nie geküsst hatten, zitterten geheimnisvoll, wie verzaubert.

Sie waren Ihrer Mutter wie aus dem Gesicht geschnitten.

Ihre perfekt zurückgebundenen Haare und Ihre von Natur aus dunkelbraune Haut waren echte Hingucker, aber das Bewundernswerteste waren Ihre Augen. Sie gehörten einem Menschen, der losgelöst von der Umgebung ganz in seine Arbeit vertieft ist. Augen, die tiefe Schönheit mit Schalkhaftigkeit und Ernst vereinten, sanft gepaart mit Wärme und Kummer. Lebendige Augen, die weit geöffnet, zugleich undurchdringlich schwarz waren. Sie vermittelten den Eindruck, erst in Ruhe beobachten und sich mit dem Urteil Zeit lassen zu wollen.

Ich hätte Sie an der Schulter berühren sollen und fragen, ob Sie mir nicht eines der Filmstücke ausleihen würden, aber ich konnte nicht. Ich begnügte mich damit, Sie zu bewundern, bis Sie die Zelluloidstücke wieder sinken ließen. Ihre gewölbte Stirn mit den feinen Härchen, die dort klebten. Ihre Nase, die ein kleiner Schmuckstein perfekt machen würde, wie ihn manche Inderinnen trugen, und die Schweißperlen, die sich darauf gebildet hatten.

»… Was sehen Sie?«, fragte ich, während Sie aufmerksam meinen Lippenbewegungen folgten.

Auf einmal verstand ich den Krankenpfleger mit dem ausdruckslosen Gesicht. Zwar wusste ich, Sie machten das nur, um meine Lippen zu lesen, aber auch ich hatte sofort das Bedürfnis, Sie zu küssen. Sie zogen einen Block aus Ihrem Arbeitskittel und schrieben:

Schau selbst.

Meine Sehkraft war bereits beeinträchtigt. Während Ihr Vater mir dargelegt hatte, in welchen Fällen eine verfrühte Operation zu einer Erblindung führen konnte, setzte er bewusst ein steinernes Gesicht auf, damit er nicht in die Verlegenheit kam, Mitleid zu zeigen.

Es war nicht erwiesen, dass starkes Licht meinen Augen schaden würde, doch hatte er mir geraten, lieber vorsichtig zu sein und es zu meiden. Ich sollte bei starker Strahlung tagsüber eine Sonnenbrille tragen und in der Nacht darauf achten, dass die Beleuchtung nicht zu grell war. Mit der dunklen Sonnenbrille, wie sie sonst nur Stars trugen, fühlte ich mich unwohl. Ich hätte lieber grünliche Gläser in einem gewöhnlichen Brillengestell gehabt. Um es kurz zu machen, es war undenkbar für mich, in die Sonne zu blicken, selbst mit dem Filter.

Sie bemerkten mein Zögern und schrieben:

Später.

Ihre Hand war geschickt und akkurat, was darauf zurückzuführen ist, dass Sie es gewöhnt sind, schreibend zu kommunizieren.

Mach es kurz, bevor du nichts mehr sehen kannst.

Daraus entnahm ich, dass Sie auf dem Laufenden waren, was die Entwicklung meiner Krankheit betraf. Ich war tief verletzt. In meiner Vorstellung sah ich Ihre ganze Familie um einen Tisch herumsitzen und über meinen Gesundheitszustand sprechen.

Ich schwieg. Sie klappten den Block zu, um ihn wieder zu verstauen.

Wir schauten beide andächtig auf den Fluss, als könne er uns aus der Betretenheit retten.

Von Traurigkeit überschwemmt, begriff ich plötzlich, dass Sie keine Schuld an der Kränkung und der Demütigung hatten, die mir widerfahren waren. Noch weniger an der Furcht oder der Hoffnungslosigkeit, die ich angesichts meiner unausweichlichen Zukunft empfand. Der Zeitpunkt, an dem ich mein Augenlicht verlieren würde, war noch weit weg, ausreichend weit. Da war diese bittersüße Schwermut auf Ihrem ernsten Gesicht, unterstrichen von dem leichten Zucken Ihrer Lippen und dem tiefen Schwarz der Augen. All das konnte ich sehen, da ich Ihnen so nah war.

Haben Sie diesen Augenblick vergessen? Die Sonnenstrahlen im Juli ließen das sich kräuselnde Wasser des Flusses aufblitzen wie Schuppen eines riesigen Fisches, als sich unvermittelt eine braune Hand auf meinen Arm legte, dunkelblau zeichneten sich die Blutgefäße darauf ab; zitternd wie Espenlaub begann ich sie zu streicheln und schließlich berührten meine furchtsamen Lippen die Ihren. Gehen Sie mit Ihrer kleinen Tochter an dieselbe Stelle bei der alten Brücke? Stehen Sie langsam auf, nachdem Sie Ihre Filmstückchen verstaut haben, wenn die Kleine im Kinderwagen den Kopf hebt und nach ihrer Mama ruft?

Fast zwanzig Jahre ist das her, aber ich habe kein noch so winziges Detail vergessen. Nicht nur diese Begebenheit, auch andere, schreckliche Momente, die ich mit Ihnen erlebt habe. Sie sind alle lebendig. Mehr als Bedauern und Reue plagt mich die Erinnerung an Ihr tränenüberströmtes Gesicht. An Ihre Faust, die in meinem Gesicht landete, hart wie die eines Mannes, gestählt durch jahrelangen Umgang mit rauem Holz.

Verzeihen Sie mir?

Wenn Sie das nicht können, könnten Sie wenigstens im Gedächtnis behalten, dass ich Sie um Verzeihung gebeten habe?

~

Ich gehe auf die vierzig zu. Das Alter, bis zu dem mir Ihr Vater völlige Erblindung prophezeit hat. Aber ich sehe noch. Ich denke, mein Augenlicht noch ein bis zwei Jahre behalten zu können. Ich muss mich nicht mehr darauf vorbereiten, da diese Entwicklung ja schon vor so langer Zeit angefangen und stetig ihren Lauf genommen hat. An sonnigen Tagen begnüge ich mich damit, die Nachmittage auf der schmalen Straße vor meiner Wohnung zu verbringen, ähnlich einem Gefangenen, der den Genuss der einzig gestatteten Zigarette so lang wie möglich hinauszieht.

Diese Ladengasse in einem Vorort von Seoul wird von vielen unterschiedlichen Leuten frequentiert. Da ist eine Gymnasiastin mit Kopfhörer, die unbeholfen den Rock ihrer Schuluniform gekürzt hat. Ein schon etwas betagter, beleibter Mann in einem alten Jogginganzug. Eine Frau mit Handy in der Hand, die ein so elegantes Kleid trägt, als sei sie einem Modemagazin entstiegen. Eine alte grauhaarige Dame mit Kurzhaarschnitt und einem paillettenbesetzten Pullover, die sich im Zeitlupentempo eine Zigarette ansteckt. Irgendwoher sind Flüche zu hören und aus einem nahegelegenen Restaurant zieht der Geruch von Suppe herüber. Vor mir fährt ununterbrochen klingelnd ein junger Radfahrer vorbei.

Meine Brille hat die dicksten Gläser, die es gibt, trotzdem kann ich nur Flächen voneinander unterscheiden. Formen und Bewegungen sind nicht mehr als Umrisse und es ist nur meiner Phantasie zu verdanken, dass ich Details sehe. Die Lippen der Gymnasiastin bewegen sich bestimmt im Takt der Musik, und ich stelle mir vor, dass sie wie Sie einen bläulichen, kleinen Leberfleck links an der Unterlippe hat. Durch häufigen Gebrauch sind vermutlich die Ärmel des Jogginganzugs speckig geworden, und die Schnürsenkel in den Turnschuhen des Mannes sind mangels Pflege mehr grau als weiß. Dem jungen Radfahrer muss der Schweiß über die Schläfen rinnen. Die Zigarette der alten Dame, der man anmerkt, dass sie ihr Leben genossen hat, ist bestimmt dünn und von einer edlen Sorte, während die Pailletten auf ihrem Pullover ein Rosen- oder Hortensienmuster bilden.

Wenn ich es müde bin, die Leute in meiner Phantasie zu beobachten, benutze ich gelegentlich einen Pfad, um einen benachbarten Hügel zu erklimmen. Die hellgrünen Blätter der Bäume bilden einen bewegten Hintergrund, zusammen mit dem unglaublich schönen, farbenprächtigen Blumenmeer am Boden.

Zum Ausruhen setze ich mich vor den Versammlungsraum des kleinen Tempels an einer Seite des Hügels. Ich nehme meine schwere Brille ab und lasse meinen Blick über eine Welt im Nebel schweifen, deren Grenzen verschwimmen. Die Leute glauben, je mehr die Sehkraft nachlässt, desto schärfer würde das Gehör, doch das kann ich nicht bestätigen. Vor allem spürt man, wie die Stunden vergehen. Ich fühle mich von der Zeit, die durch meinen Körper fließt wie eine langsame unausweichliche Schlammlawine, immer mehr in die Ecke gedrängt.

Weil meine Sicht extrem schlecht wird, wenn die Dunkelheit kommt, mache ich mich zügig auf den Rückweg. Ich gehe nach Hause, ziehe mich um und wasche mir kurz das Gesicht. Mein Kurs beginnt um 19 Uhr. Da ist bei Ihnen gerade Mittag, die Zeit, zu der Sie so gerne die Sonne betrachten. Im Allgemeinen komme ich etwas früher in der Privatschule an, solange es noch Tag ist, und muss dann dort warten. In dem gut beleuchteten Gebäude habe ich kein Problem mit dem Sehen, aber selbst mit Brille fällt es mir schwer, mich abends allein auf der Straße zu bewegen. Wenn gegen 22 Uhr die Teilnehmer meines Kurses gegangen sind, rufe ich mir ein Taxi, das mich direkt vor dem Gebäude aufnimmt und vor meiner Haustür absetzt.

Was für einen Kurs ich gebe?

Montags und donnerstags einen Anfängerkurs in Altgriechisch und am Freitag einen für Fortgeschrittene, in dem wir Platon lesen. Pro Kurs sind es höchstens acht Teilnehmer, darunter Studenten, die sich für

Philosophie interessieren, aber auch ältere Menschen, die die unterschiedlichsten Berufe ausüben.

Was auch immer die Motivation des Einzelnen ist, sie haben jedenfalls eine Sache gemeinsam. Wer Altgriechisch lernt, ist sowohl vom Lern- als auch vom Sprechtempo eher ein bedächtiger Mensch, der seine Gefühle nicht offen zeigt (ich selbst gehöre auch zu dieser Kategorie). Liegt es daran, dass es eine tote Sprache ist, die schon lange nicht mehr aktiv gesprochen wird? Ruhe, furchtsames Zögern oder verhaltenes Lachen beleben die Stimmung im Kurs nur allmählich und kühlen sie gleichzeitig ab.

So verrinnen die Tage ereignislos, einer nach dem anderen.

Selbst wenn einmal etwas Erwähnenswertes passiert, dann geht das, ohne Spuren zu hinterlassen, in der großen, undurchsichtigen Zeitmasse unter.

Ich war fünfzehn, als ich zum ersten Mal dieses Land verließ, um nach Deutschland zu ziehen. Weil ich einunddreißig war, als ich wieder zurückkehrte, kann man sagen, dass mein Leben zweigeteilt wurde, sowohl hinsichtlich der Sprache als auch der Kultur. Ich musste also eine Entscheidung treffen, wo ich nach meinem vierzigsten Lebensjahr – laut der Prognose Ihres Vaters das kritische Alter – leben wollte. Als ich verlauten ließ, dass ich vorhatte, dorthin zu gehen, wo man meine Muttersprache spricht, haben alle versucht, ganz besonders meine Familie und meine Professoren, mich davon abzubringen. Meine Mutter und meine kleine

Schwester fragten, was ich dort zu tun gedächte. Sie sagten, mein Diplom in Philosophie und Altgriechisch, mit beträchtlicher Anstrengung erlangt, sei dort nur ein Stück Papier. Vor allem wäre ich in meiner speziellen Situation nicht in der Lage, ohne Hilfe von nahen Verwandten zurechtzukommen. Schließlich konnte ich sie mit dem Argument überzeugen, dass ich mir eine Probezeit von zwei Jahren setzen würde.

Jetzt lebe ich hier schon dreimal so lang wie geplant und kann mich immer noch nicht entscheiden. Nach Ablauf des ersten Vierteljahres, in dem meine Muttersprache von allen Seiten auf mich einprasselte und mich begeisterte, kam der Winter und mit ihm fing Seoul an, mir ebenso fremd zu werden wie die deutschen Städte. Auf dem vereisten Boden hasteten die Leute mit kleinen Tippelschritten in dunklen Mänteln oder Jacken an mir vorüber, Schultern hochgezogen. Ihre Gesichter waren die von Menschen, die viel erdulden mussten und dies schicksalsergeben hinnahmen. Wie aus Deutschland gewöhnt, betrachtete ich sie mit einer gewissen gefühlsmäßigen Distanz.

Ich kann Ihnen also sagen, dass mir hier sowohl Gefühlsduselei als auch großer Optimismus fremd sind. Mein tägliches Vergnügen ist es, mich mit meinen ungewöhnlich schüchternen Studenten über Nichtigkeiten zu unterhalten, oder mit dem etwas unangenehmen Direktor des Instituts für Sprachen, das sich nur dank einiger Toplehrer über Wasser hält, oder mit der freien Mitarbeiterin – sie trägt einen Bubikopf und ist wegen ihrer Nebenhöhlenentzündung nie ohne Taschentücher anzutreffen. Morgens gehe ich unter Zuhilfenahme einer Lupe stets die Sätze durch, die wir am Abend lesen wollen, und lerne sie auswendig. Ich schaue prüfend mein verschwommenes Gesicht im Spiegel an, und wenn ich Lust habe, schlendere ich durch die hellen Gassen und Straßen. Manchmal passiert es mir, dass meine Augen geblendet werden und mir die Tränen kommen. Wenn es, was nicht selten passiert, zu einem längeren Tränenfluss kommt, warte ich ruhig, mit dem Rücken zur Fahrbahn, bis es vorbei ist.

~

Kommen Sie gerade mit dem Kinderwagen zurück, das Gesicht zur Sonne gewandt, die Ihren dunklen Teint strahlen lässt? Haben Sie für Ihre zweijährige Tochter Grüne Borstenhirse gepflückt, die sie nun mit ihren kleinen Händen hin und her wedelt? Machen Sie einen Zwischenstopp an der hundert Jahre alten Kirche, statt direkt nach Hause zu gehen? Nehmen Sie Ihr Kind aus dem Wagen, den kleinen Körper mit kräftigen Armen umfangend? Vertrauen Sie den Kinderwagen dem Pförtner an und treten Sie ein in die Kühle des Bauwerks, durch dessen bläuliche Buntglasfenster die hereinfallenden Sonnenstrahlen wirken wie in Eiswasser getaucht? Wo der Christus am Kreuz nicht so stark zu leiden scheint, da er einen ganz unschuldigen Blick gen Himmel richtet? Wo die Engel grazil durch die Luft zu fliegen scheinen, als ob sie zu einem kurzen Ausflug aufbrächen? Wo die Palmen deutlich grünere Blätter haben und üppiger wachsen. Wo die Heiligen blaugraue Haare über den leuchtenden Gesichtern haben und ebenso blaugraue Gewänder tragen. Es ist die Kirche des heiligen Stefan, der keine Spur von Sünde oder Schmerz zeigte, egal von welcher Seite ich ihn betrachtete, weswegen ich mir fast wie ein Häretiker vorkam.

An einem Abend im Spätsommer, als ich diesen Ort in Ihrer Gesellschaft verließ, haben Sie Ihren Block gezückt, um mir etwas aufzuschreiben. Dass Ihr Glaube von frühster Kindheit an stark gewesen sei, aber dass Sie sich trotz aller Anstrengung schwertäten, an so endgültige Orte zu glauben wie das Paradies oder die Hölle. Im Gegensatz dazu glaubten Sie jedoch daran, dass die Seelen der Verstorbenen bis zum Morgengrauen in den Straßen herumwandern. Da diese also existierten, existiere auch Gott. Ich fand es amüsant, dass Sie mir erzählten, Sie glaubten an den Gott der Christen und das aus Gründen, die jeglicher Logik entbehrten und in keiner Weise christlich waren. Ich brach in lautes Lachen aus und nahm den Block, den Sie mir hinhielten. Ich schrieb ein Argument gegen die Existenz Gottes auf, das ich einmal irgendwo gelesen hatte. Dann gab ich Ihnen den Block zurück:

In dieser Welt gibt es Unheil und Leid, genauso wie Unschuldslämmer, die geopfert werden.

Wenn Gott ein gütiger Gott ist, aber unfähig, all das von uns zu nehmen, dann hat er keine Allmacht.

Wenn er allmächtig ist, aber dies alles nicht von uns nimmt, dann ist er ein bösartiger Gott.

Wenn er weder gütig noch allmächtig ist, dann kann man ihn nicht Gott nennen.

Im Umkehrschluss ist ein gütiger und allmächtiger Gott ein Paradoxon, weil beides zusammen unmöglich ist.

Wenn Sie wirklich wütend sind, weiten sich Ihre Augen. Ihre dichten Augenbrauen gehen in die Höhe, Ihre Wimpern und Lippen zittern und Ihre Brust hebt und senkt sich im Einklang mit Ihren Gefühlen. Stift und Block an sich reißend, kritzelten Sie:

Also mein Gott ist sowohl gütig als auch traurig. Wenn du dich von so einem idiotischen Argument überzeugen lässt, dann wird eines Tages aus dir ein unmögliches Paradoxon werden.

~

Ich stelle mir manchmal eine Frage im Sinne der griechischen Dialektik, die Sie so sehr hassen. Angenommen, die These sei wahr, dass man für jedes Ding, das man verliert, ein anderes bekommt, was habe ich also gewonnen, indem ich Sie verloren habe? Was werde ich erhalten, wenn die Welt für mich unsichtbar wird?

Es gibt immer einen gefährlichen und unbefriedigenden Aspekt beim Führen eines Nachweises. Er besteht darin, eine These, die man aufgestellt hat, unbedingt retten zu wollen, wie ein Goldkörnchen beim Goldwaschen. Auch wenn durch die zu groben Maschen des Siebes, wie in diesem Fall, alles Leid der Menschheit, die Reue, die Anhänglichkeit, Trauer und

Schwäche gefallen sind. Während man sich Schritt für Schritt auf dem schmalen Grat der Wahrheit vorantastet und mutig Irrtümer abwirft, erkennt man durch das Netz aus Leitsätzen, die sich einem aufgedrängt haben, getarnt als Antworten auf gestellte Fragen, eine Leere wie intensivblaues Wasser, fast unmerklich in Bewegung. Aber man fährt fort, Fragen zu stellen und Antworten zu finden. Der Blick in diese Leere und die Ruhe, die das intensive Blau ausstrahlt, nimmt mit jeder Sekunde zu wie beim Einsetzen der Flut. Warum war ich für Sie nur der dumme Liebende? Meine Liebe zu Ihnen war nicht dumm, aber da ich es war, hat meine Dummheit sie vielleicht so wirken lassen. Nicht dass ich von Haus aus ein Idiot gewesen wäre, doch die der Verliebtheit naturgemäß innewohnende Idiotie hat wohl auf mich abgefärbt und am Ende alles zerstört.

τὴν ἀμαθίαν καταλυέται ἡ ἀληθεία.

Dieser altgriechische Satz sagt durch den Gebrauch des *Mediums* aus, dass Wahrheit über Dummheit siegt. Stimmt das? Wenn Wahrheit über Dummheit siegt, wird sie dann dadurch verändert? Falls jedoch Dummheit über Wahrheit siegt, würde diese dann gleichermaßen Risse bekommen und vom Wahren infiltriert werden? Wenn ich also behauptete, meine Dummheit sei verschwunden, als sie die Liebe zerstörte, würden Sie sagen, dies sei ein Trugschluss? Die Stimme. Ihre Stimme. Ich habe sie über zwanzig Jahre nicht vergessen. Wenn ich Ihnen sagte, dass ich diese Stimme immer noch liebe, würden Sie mir wieder ins Gesicht schlagen?

~

Sie erzählten mir, dass Sie das Lippenlesen und die Gebärdensprache in einer Schule für Gehörlose gelernt hatten, die Sie über zehn Jahre besuchten. Kurz nachdem wir anfingen, schreibenderweise miteinander zu kommunizieren, fragte ich mich eines Abends:

Was wäre, wenn ich Gebärdensprache könnte, wie Sie es in der Schule gelernt haben?

In diesem Sommer verbrachte ich meine Abende damit, anhand eines deutschen Lehrbuches, das ich mir heimlich gekauft hatte, Gebärdensprache zu lernen. Nach einer Stunde üben, vor einem seitlich an meinen Schreibtisch gelehnten Spiegel, war ich am Rücken und unter den Armen durchgeschwitzt. Aber ich empfand es keineswegs als anstrengend oder gar langweilig. Im Gegenteil, das waren kostbare Abende, die ich in der Intensität nie mehr erleben sollte. Damals wurde mir zum ersten Mal bewusst, dass man als Verliebter wie von einem Geist besessen ist. Jeden Morgen sah ich noch mit geschlossenen Lidern Ihr Gesicht vor mir. Schlug ich dann die Augen auf, wanderte Ihr Bild im Nu zur Decke, zum Schrank, zum Fenster, auf die Straße, zum Himmel. Nicht einmal die Seele eines Verstorbenen wäre so hartnäckig. Während der Sommerabende, als ich verschwitzt und unbeholfen vor dem Spiegel die Gebärdensprache übte, begleitete mich Ihr Gesicht ebenfalls, blass zu erkennen hinter meinem.

Sprechen Sie mich an.

Ich sagte diesen Satz in meiner Muttersprache, nachdem er mir zunächst in Deutsch eingefallen war.

In diesem Augenblick sah ich die frischen Holzspäne, die sich überall in der Werkstatt aufhäuften, in der Sie Ihre Tage verbrachten. Ich schlich mich regelmäßig hinein, um Sie, vor den Blicken anderer geschützt, bewundern zu können. Vor allem von Ihrem Vater wollte ich nicht gesehen werden. Ich wurde nie müde, Sie beim Sägen, Hobeln und Polieren zu beobachten. Wenn die Arbeit sich hinzog, untersuchte ich jeden Winkel des Raumes. Ich schnupperte an den Brettern, die zum Trocknen an der Wand lehnten, glitt mit den Fingerspitzen darüber. Zedernholz roch ganz besonders intensiv, wohingegen Birke und Pinie nur einen schwachen Duft ausströmten. Die kastanienbraunen Jahresringe im Holz erinnerten mich an Ihre runden Schultern.

Und ich nahm an, dass der Kontakt mit dem unbehandelten Holz wahrscheinlich auf Ihre Stimme abgefärbt hatte.

Aber es waren weder Neugier noch Phantasterei, die mich dazu brachten, mir Ihre Stimme vorzustellen. Ich war siebzehn Jahre alt und Sie meine erste große Liebe. Ich wollte mit Ihnen zusammenleben und glaubte, nichts und niemand könnte uns trennen, solange wir lebten. Gleichzeitig hatte ich aber auch Angst. Irgendwann würde ich mein Augenlicht verlieren. Die Vorstellung, Sie nicht mehr sehen und weder durch Gebärdensprache noch schriftlich mit Ihnen reden zu können, war beängstigend.

Einige Wochen danach, an einem Nachmittag während der Schulferien, an dem sich die Luft plötzlich abgekühlt hatte, sprach ich Sie in einer Arbeitspause an. Vorsichtig, ohne mir der Gefahr bewusst zu sein, oder besser gesagt, naiv und dumm, wie ich war. Sie waren gerade dabei, sich einen Tee zu machen.

»Können Sie mir sagen, wie Sie im Unterricht diese andere Sprache gelernt haben?«

Sie haben auf meine Lippen gestarrt, bevor Sie mich mit Ihren undurchdringlichen Augen direkt ansahen. Das ermunterte mich, Ihnen meinen Plan darzulegen. Dass wir eines Tages zusammenleben würden. Dass ich mein Augenlicht verlieren würde und dass wir uns doch irgendwie verständigen mussten, wenn ich nichts mehr sah.

Sie können gar nicht ermessen, wie oft ich die Zeit zurückdrehen und meine Dummheit dieses Nachmittags ungeschehen machen wollte. Mit versteinertem Gesicht jagten Sie mich aus Ihrer Werkstatt, die durch den einsetzenden Regen noch intensiver roch als sonst. Sie wollten mich nicht mehr sehen und noch weniger küssen. Sie wollten nicht, dass ich mein Gesicht in ihren langen schwarzen Haaren vergrub, auf Ihren lieblich duftenden Nacken oder Ihre zarten Schultern legte. Oder gar meine Hand ergreifen und unter Ihre Bluse führen, damit ich Ihren Herzschlag spüren konnte. Sie haben mich eiskalt abblitzen lassen, obwohl ich schon seit dem Morgengrauen auf diesen Augenblick gewartet hatte. Sie haben einfach die Tür Ihrer Werkstatt zugeschlagen, ohne sich darum zu kümmern, dass meine Finger eingeklemmt wurden. Einige Wochen danach, es war Abend, schlugen Sie mir ins Gesicht, als ich Sie verzweifelt um Verzeihung bat.

Sie waren genauso überrascht wie ich. Ohne an meine heruntergefallene Brille zu denken oder an das Blut, das mir aus der Nase in den Mund hineinlief, kniete ich mich hin und umklammerte Ihre Beine. Am ganzen Körper zitternd stießen Sie mich von sich. Mit lodernden Augen sagten Sie:

»Geh! Sofort!«

Diese Stimme.

Wie der Wind, wenn er in einer stürmischen Winternacht durch die Fensterritzen pfeift. Wie eine Säge, die sich kreischend durch Metall fräst. Wie eine Glasscheibe, die springt. So klang Ihre Stimme.

Ich robbte bäuchlings auf Sie zu, um Ihre Knie zu umschlingen. Wussten Sie vielleicht nicht, dass ich Sie wirklich liebte? In einem mir unverständlichen Wutanfall schlugen Sie mir eine Holzlatte ins Gesicht, sodass ich das Bewusstsein verlor. Haben Sie denn nicht die heißen Tränen gesehen, die mir über die Wangen liefen?

~

Heute weiß ich, dass es meine Dummheit war, die unsere gemeinsame Zeit zerstört hat. Mit deren Ende war auch sie wieder verschwunden. Deshalb bin ich sicher, dass ich nach dem Verlust meines Augenlichts

Ihre Stimme nicht gebraucht hätte, hätten wir wirklich zusammengelebt. In dem Maße, in dem die Welt sich meinem Blick allmählich entzogen hätte, wie das Wasser bei einsetzender Ebbe, wäre unser gemeinsames Schweigen vollkommen geworden.

Einige Jahre nachdem ich Sie verloren hatte, hatte ich das Glück, die Sonne durch zwei Filmstreifen zu betrachten. Nicht um die Mittagszeit. Ich hatte aus Angst bis kurz vor Sonnenuntergang gewartet. Trotzdem schmerzten meine Augen, als hätte man Säure hineingegossen, sodass ich nicht lange durchhielt. Mir blieb verborgen, was Sie daran so fasziniert. Da war nur ein kurzes Aufflammen von Sehnsucht nach Ihrer Hand, nach dunkelblau hervortretenden Adern auf hellbrauner Haut.

~

Verlassen Sie gerade die schattige Kirche mit Ihrem Kind auf dem Arm?

Legen Sie es in den Kinderwagen, den Sie beim Pförtner gelassen haben, und gurten es an? Richten Sie Ihre Schritte heimwärts, nachdem Sie noch kurz Ihre Haare neu zusammengebunden haben? Gehen Sie durch die gleichen mit schwarzen Steinen gepflasterten Straßen, durch die ich mit meinen siebzehn Jahren vom Morgengrauen an geirrt bin, dumm und von Seelenqual gepeinigt? Legen Sie beruhigend die Hand auf ihr Kind, wenn der Kinderwagen ins Schlingern gerät? Gehen Sie Schritt für Schritt durch die Stille, Ihren traurigen Gott mit all seiner Güte auf den Schultern tragend?

Bei Ihnen geht die Sonne sieben Stunden später auf als hier.

In nicht allzu ferner Zukunft, wenn ich in der Mittagssonne zwei Filmstreifen hervorziehen werde, wird es bei Ihnen 5 Uhr morgens und noch dunkel sein. Das bläulich schwarze Licht, an die Adern auf Ihren Händen erinnernd, wird den Himmel noch nicht vollständig erobert haben. Ihr Herz wird regelmäßig schlagen und Ihre tiefschwarzen Augen, die voller Tränen auflodern können, wenn Sie zornig sind, werden ab und zu unter geschlossenen Lidern zucken. Erlauben Sie mir, dass ich Sie ohne diesen bohrenden Schmerz in Erinnerung behalte, wenn ich in die totale Dunkelheit gehe?

6

Hören Sie auf. παῦσαι	Hören Sie nicht auf. μὴ παύσῃ
Fragen Sie mich etwas. ἐρώτησόν με	Fragen Sie mich nichts. μὴ ἐρωτήσῃς μηδὲν αὐτόν
Ändern Sie Ihr Handeln. ἄλλως ποίησον	Ändern Sie nie Ihr Handeln. μὴ ποιήσῃς μηδαμω˜ ς/ἄλλως

Nachdem der Mann die dunkelgrüne Tafel mit Sätzen vollgeschrieben hat, lehnt er sich an eine ihrer Außenkanten. Er bemerkt nicht, dass eine Schulter seines dunkelblauen Hemdes dadurch Kreideflecken bekommt. Sein frischrasiertes Gesicht ist so blass, dass er bei einem flüchtigen Blick als Student durchgehen könnte. Aber die Furchen auf seinen Wangen verraten sein wahres Alter. Die leichten Falten um die Augen und an den Mundwinkeln künden ebenfalls davon, dass er langsam in die Jahre kommt.

7

Die Augen

Damals, als sie noch sprach, war ihre Stimme leise.

Das lag nicht an ihren Stimmbändern und auch nicht an ihrer Lungenkapazität. Sie wollte einfach ihre Möglichkeiten nicht ausnutzen. Jeder Mensch füllt so viel Raum aus, wie es dem Volumen seines Körpers entspricht, aber die Stimme kann darüber hinausgehen. Sie jedoch wollte sich nie über ihre Grenzen hinweg ausbreiten.

In der U-Bahn, auf der Straße, im Café oder Restaurant musste sie sich zwingen, laut zu sprechen. Nach jemandem zu rufen war ihr zuwider. Jedenfalls sprach sie, außer wenn sie unterrichtete, leiser als ihre Mitmenschen. Obwohl sowieso schon zierlich, verringerte sie ihr Körpervolumen noch, indem sie die Schultern nach vorne zog und einen Buckel machte. Sie war witzig, zeigte auch oft ein freundliches Lächeln, doch wenn sie lachte, dann leise, kaum hörbar.

Der Psychotherapeut mit den grauen Haaren, bei dem sie in Behandlung war, machte sie darauf aufmerksam. Wie üblich suchte er den Grund dafür in ihrer Kindheit. Sie sagte ihm jedoch nur die halbe

Wahrheit. Anstatt zuzugeben, dass sie ihr Sprechvermögen bereits einmal in ihrer Jugend verloren hatte, vergrub sie diese Erinnerung tief im Innersten.

Mit ihr schwanger, hatte die Mutter eine beginnende Typhusinfektion. Unter hohem Fieber und Schüttelfrost leidend, musste sie einen Monat lang zu jeder Mahlzeit eine Handvoll Tabletten einnehmen. Im Gegensatz zu ihrer Tochter war sie ein impulsiver und extrovertierter Mensch. So suchte sie nach der Behandlung sofort einen Gynäkologen auf und bat darum, er möge den Fötus abtreiben, sobald sie sich erholt hatte. Sie fand, dass sie mit all diesen Medikamenten kein gesundes Kind auf die Welt bringen könnte.

Der Arzt riet jedoch davon ab. Ein Schwangerschaftsabbruch wäre lebensgefährlich, da die Plazenta schon voll ausgebildet sei. Aber er versprach, zwei Monate später die Geburt mit einer Spritze einzuleiten, was in diesem Stadium unweigerlich den Tod des Embryos zur Folge gehabt hätte. Da jedoch die Bewegungen des Kindes im Mutterleib in der Zwischenzeit spürbar wurden, brachte es die Mutter nicht übers Herz und nahm den vereinbarten Termin nicht wahr. Bis zur Niederkunft lebte sie in ständiger Angst. Sie war erst beruhigt, als sie sämtliche Finger und Zehen der noch mit Käseschmiere bedeckten Neugeborenen mehrmals nachgezählt hatte.

Während es heranwuchs, musste sich das Kind diese Geschichte immer wieder anhören. Von den Tanten väterlicherseits, den Cousinen mütterlicherseits und von der Nachbarin, die sich gern in anderer Leute Angelegenheiten mischte. *Du wärest beinah nicht geboren worden.* Dieser Satz wurde zu einer Art Mantra für die Kleine.

Sie war zu jung, um sich ihrer Gefühle bewusst zu sein, aber durchaus in der Lage, die Erbarmungslosigkeit dieses Satzes zu erkennen. *Sie wäre beinah nicht geboren worden.* Ihr Dasein war also keine Selbstverständlichkeit. Sie hatte es dem Zufall zu verdanken, dass aus einer Vielzahl von möglichen Konstellationen im unendlichen Kosmos gerade diese eingetreten war. Eines Abends, nachdem sie mehr recht als schlecht eine Gruppe von lärmenden, angeheiterten Gästen hinausbegleitet hatte, hockte sie sich auf die Veranda und betrachtete den dunkler werdenden Hof. Sie zog die Schultern ein und versuchte so lang wie möglich den Atem anzuhalten. Da wurde die Welt, die nicht mehr zu sein schien als ein großflächiger, dürftiger Anstrich, von der Dunkelheit verschlungen.

Als Sie dem Psychologen davon erzählte, schien ihn das sehr zu interessieren. »Ist das Ihre erste Erinnerung?«, fragte er. Sie hatte verneint, bevor sie noch einmal intensiv nachdachte. Dann erzählte sie von dem Tag, an dem sie im Hof in der prallen Sonne gesessen und die Laute ihrer Muttersprache erforscht hatte. Auch dies gefiel dem Psychologen. Er konnte der Versuchung nicht widerstehen, allein auf diesen beiden Erlebnissen basierend, eine Diagnose zu stellen. »Die Tatsache, dass Sie von Sprache so besessen sind, dass Ihre ersten beiden Erinnerungen damit zu tun haben, bedeutet das nicht, dass Sie instinktiv erkannten, dass das Band, das Sprache und Umwelt verbindet, brüchig ist? Anders formuliert, fußt das Ganze nicht unbewusst auf dem Gefühl der Verunsicherung, die Sie angesichts Ihrer Umwelt empfinden?« Er sah ihr in die Augen. »Erinnern Sie sich an Ihren ersten Traum?«

Sie hatte plötzlich den Verdacht, dass er sie als Fallbeispiel in einem Buch unterbringen wollte. Davon beunruhigt, antwortete sie nicht auf seine Frage. Sie erzählte nicht von dem nüchternen und sonderbar realistischen Traum, den sie gehabt hatte, kurz nachdem sie sich das Lesen beigebracht hatte. In einer ihr unbekannten Straße liefen Leute mit ausdruckslosen Gesichtern vorüber, die sie noch nie zuvor gesehen hatte. Es schneite. Das kleine Mädchen, das sie war, befand sich mitten auf dieser schier endlosen Straße, in Kleidern, die ihr nicht gehörten. Das war alles. Es passierte nichts weiter und es gab auch keine abrupten Wendungen. Das Gefühl, dort fremd zu sein, ließ sie frösteln. An einem Ort, an dem es schneite und so still war, als habe sie Watte in den Ohren. Umgeben von Leuten, die sie zum ersten Mal sah. Ein einsames Mädchen.

Während sie sich stumm auf die Einzelheiten dieses Traums konzentrierte, fuhr der Psychologe mit seiner Diagnose fort. Er meinte, sie sei zu jung gewesen, um das Leben zu verstehen. Darüber hinaus damals noch abhängig von ihrer Familie, habe sie befürchtet, sich in Luft aufzulösen, jedes Mal, wenn sie die Geschichte ihrer Geburt hörte. Mittlerweile sei sie aber erwachsen und stark. Daher brauche sie keine Angst mehr zu haben und nicht mehr schüchtern zu sein. Sie dürfe durchaus ihre Stimme erheben und den Raum einnehmen, den sie bräuchte, um sich zu entfalten. Sie solle die Schultern zurücknehmen und sich aufrichten.

Folgte sie seiner Logik, müsste sie ihr restliches Leben lang ununterbrochen kämpfen. Einen Kampf führen gegen den Zweifel, der im Verborgenen an ihr nagte, überhaupt eine Existenzberechtigung zu haben. Ihr wurde schlecht bei dieser wunderbar glasklaren Schlussfolgerung. Sie hatte nie das Bedürfnis gehabt, einen größeren Raum einzunehmen, hatte aber auch nicht gedacht, in ständiger Angst gelebt oder ihre wahre Natur unterdrückt zu haben.

Die Therapie dauerte noch fünf Monate, ohne dass etwas Nennenswertes passierte, bis der Psychologe zu seinem Entsetzen feststellen musste, dass sie, anstatt lauter zu sprechen, nun gänzlich verstummt war. »Ich verstehe«, sagte er. »Ich verstehe, Ihnen ist viel Leid widerfahren. Sie haben es noch nicht verkraftet, dass Sie den Sorgerechtsprozess verloren haben. Dazu der Verlust eines nahestehenden Menschen. Ihr Kind fehlt Ihnen schrecklich. Ich verstehe. Sie müssen außer Stande gewesen sein, das allein zu bewältigen.«

Der über die Maßen mitfühlende Ton, den er dabei anschlug, machte sie wütend. Am unerträglichsten war, dass er behauptete, sie zu verstehen. Ohne Bedauern darüber zu empfinden, wusste sie, dass das nicht stimmte. Die Stille, die nun eingetreten war, lastete auf beiden und wartete darauf, gebrochen zu werden.

Nein.

Sie hatte nach dem Stift gegriffen und ihre Antwort deutlich auf das leere weiße Blatt geschrieben, das vor ihr auf dem Tisch lag.

Es ist nicht so einfach.

~

Als sie noch sprechen konnte, kam es vor, dass sie ihren Gesprächspartner einfach nur anstarrte, anstatt mit ihm zu reden. Sie schien zu glauben, ihr Blick könne genau das ausdrücken, was sie zu sagen hatte. Sie grüßte, bedankte und entschuldigte sich mit ihren Augen und nicht mit Worten. Sie war der Ansicht, kein Kontakt könne so direkt und klar verständlich sein wie ein Blick. Für sie war das, abgesehen von einer Berührung, der einzige Weg zu kommunizieren.

Verglichen damit machte ihr die Sprache wahnsinnige körperliche Mühe. Die Lungen, die Stimmbänder, Zunge und Lippen mussten in Aktion treten, bevor man durch Verwirbelung der Luft den Gesprächspartner erreichte. Dabei wurde der Mund trocken, weil durch die geöffneten Lippen feinste Tröpfchen von Speichel schossen. Immer wenn dieser physische Prozess für sie unerträglich wurde, redete sie paradoxerweise wie ein Wasserfall. Sie gab dann lange, grammatikalisch perfekte Schachtelsätze von sich, jedes lebendige Gespräch im Keim erstickend. Ihre Stimme wurde plötzlich kräftiger. Je aufmerksamer ihr die Leute zuhörten, desto weitschweifiger wurde ihre Rede und umso strahlender ihr Lächeln. Zu der Zeit, als sich diese Ausbrüche häuften, tat sie sich mit dem

Schreiben schwer, selbst wenn sie sich in ihr Zimmer zurückzog.

Kurz bevor sie ihr Sprechvermögen verlor, war sie eloquent wie nie. Sie war außerdem unfähig, längere Zeit zu schreiben, was zuvor noch nicht passiert war. Genauso wie sie es nicht mochte, wenn ihre Stimme sich im Raum ausbreitete, ertrug sie das Geräusch kaum, das beim Schreiben in der Stille entstand. Manchmal verursachte ihr allein das Nachdenken über eine Formulierung Übelkeit, noch bevor sie sie aufgeschrieben hatte.

Trotzdem dürfte auch das nicht dazu geführt haben, dass sie ihr Sprechvermögen verloren hatte. *Es konnte nicht so einfach sein.*

~

δύσβατός γέ τις ὁ τόπος
φαίνεται καὶ ἐπίσκιος.
ἔστι γοῦν σκοτεινὸς καὶ
δυσδιερεύνητος.

Dies ist ein Ort, an dem es schier unmöglich ist, einen Schritt zu tun,
in welche Richtung auch immer.
Ein schwer zugänglicher und in Schatten gehüllter Ort,
schwierig zu erforschen.

Ihr Kopf liegt auf dem aufgeschlagenen Buch. Es ist ein dicker Wälzer, der den ersten Teil des Originaltextes von ›Der Staat‹ parallel zur koreanischen Übersetzung enthält. Ein Schweißtropfen löst sich von ihrer Stirn und fällt auf einen der griechischen Sätze. Das raue Recyclingpapier saugt ihn auf und an der Stelle entsteht eine kleine Wölbung.

Als sie den Kopf hebt, ist sie überrascht, dass das vorher dunkle Klassenzimmer plötzlich hell erleuchtet ist. Von weitem hört sie eine leise Stimme. Der sonst stumm hinter seiner Säule sitzende mittelalte Mann spricht mit dem fülligen Masterstudenten.

»... in Angkor Wat. Bin erst gestern zurückgekommen. Früh am Morgen. Die fünf Tage Sommerurlaub habe ich früh genommen. Ich hatte schon mit dem Gedanken gespielt, heute Abend den Kurs zu schwänzen, weil ich immer noch ein Schlafdefizit habe. Aber das wäre die zweite Stunde in Folge gewesen, die ich verpasst hätte, und bei dem Gedanken an die Kursgebühren, die ich ja schon bezahlt habe. Ha, ha, körperlich bin ich ja noch gut in Form, da ich jedes Wochenende zum Wandern in die Berge gehe. Mir selbst ist das gar nicht aufgefallen, aber man hat mir gesagt, ich wäre braun geworden. Natürlich ist es dort unvergleichlich viel heißer als hier. Jeden Tag gibt es einen heftigen Platzregen, nur bringt der keine wirkliche Abkühlung ... Ich war einfach neugierig auf die Ruinen. Auf den Steinen der Tempel ist die alte Schrift der Khmer zu sehen, ich finde sie ansprechender als die der alten Griechen.«

Sie starrt auf die Tafel, die der Lehrer vorhin abgewischt hat. Wegen der Pause ist sie noch leer. Hier und dort sind weiße Kreidefragmente griechischer Buchstaben zu erkennen. Es gibt sogar eine Ecke, in der man mit etwas Phantasie das Drittel eines Satzes erraten kann. An anderer Stelle ist ein großer weißer Wirbel zu sehen, wie eben schnell aus dem Handgelenk mit dickem Pinsel gemalt.

Noch einmal wandert ihr Kopf Richtung Buch. Sie holt tief Luft. Dabei ist sie sich ihrer Atmung deutlich bewusst. Seit sie nicht mehr sprechen kann, kommt es ihr vor, als formten sich beim Ein- und Ausatmen Wörter. Sie zerreißen die Stille mit der gleichen Kraft wie eine Stimme.

Als ihre Mutter im Sterben lag, hatte sie ähnlich gefühlt. Jedes Mal, wenn diese in ihrer Bewusstlosigkeit warme Luft ausatmete, zog sich die Stille etwas zurück. Atmete sie jedoch ein, drang, begleitet von schrecklichem Pfeifen, eiskalte Stille in den Körper ihrer Mutter.

Sie nimmt ihren Bleistift und betrachtet einen Augenblick die Sätze, die sie vor sich hat. Sie könnte jeden dieser Buchstaben durchstoßen. Von der Bleistiftmine zerteilt, wäre ein Wort oder gar ein ganzer Satz durchbrochen. Die graue, grobkörnige Oberfläche des Recyclingpapiers, die kleinen schwarzen Buchstaben, die darin eingraviert sind, und die Akzente, die wie Insektenflügel mal eingerollt, mal ausgebreitet darüber schweben, ziehen ihre Aufmerksamkeit an. *Ein schwer zugänglicher und in Schatten gehüllter Ort, schwierig zu erforschen.* Ein Satz des nicht mehr ganz jungen Platon, für den er sich womöglich viel Zeit gelassen hat. Eine undeutliche Stimme hinter vorgehaltener Hand.

Sie umklammert den Bleistift. Vorsichtig atmet sie aus. Sie erträgt es, dass das diesem Satz innewohnende Gefühl wie eine Spur aus Kreide wirkt, getrocknetem und vergessenem Blut nicht unähnlich.

~

Ihr Körper verrät beinahe unmerklich etwas über den Zustand eines Menschen, der schon seit Langem das Sprechvermögen verloren hat. Er erscheint härter und schwerer als in Wirklichkeit. Der Gang, die Hand- und Armbewegungen, die Rundungen ihres Gesichts und ihrer Schultern grenzen sich klar von der Umgebung ab. Nichts verlässt ihren Körper, nichts dringt in ihn ein.

Sie hatte nie die Angewohnheit, sich im Spiegel zu bewundern, auch jetzt verspürt sie kein Bedürfnis. Das eigene Gesicht kann man im Allgemeinen am besten zeichnen, denn man stellt es sich sehr häufig vor. Trotzdem passiert es, dass ihr Antlitz ihr fremd ist, da sie es sich nie ins Gedächtnis ruft. Wenn sie es einmal durch Zufall in einem Schaufenster oder einem Spiegel sieht, kreuzen sich ihre Blicke. Die klaren Augen sind für sie das Bindeglied zu diesem fremden Gesicht.

Manchmal hat sie das Gefühl, kein Mensch zu sein, sondern eine wandelbare Materie, mal fest, mal flüssig. Wenn sie heißen Reis isst, fühlt sie sich wie Reis. Wenn sie ihr Gesicht mit kaltem Wasser wäscht, fühlt sie sich wie kaltes Wasser. Dennoch ist sie weder Reis noch Wasser, sondern eine harte, nicht verformbare Masse, die sich mit nichts anderem vermischt. Es gibt zwei Dinge, die sie mit einiger Anstrengung aus dieser kalten Stille herausholen kann: das Gesicht ihres Kindes, das alle vierzehn Tage einmal bei ihr übernachten darf, und die altgriechischen Wörter, wenn sie beim Schreiben den Bleistift fest aufdrückt.

γῇ κεῖται γυνή.
Eine Frau liegt auf dem Boden.

Sie setzt ihren Bleistift ab, der vom Schwitzen ganz klebrig geworden ist, und fährt sich mit den Handflächen über die Schläfen, um dort die Schweißperlen abzuwischen.

~

»Mama, ich glaube, ab September kann ich nicht mehr hierherkommen.«

Sie hatte ihren Sohn erstaunt angeschaut. Das war letzten Samstag. Innerhalb der vergangenen zwei Wochen war er wieder gewachsen, schlanker geworden. Oberhalb seiner weichen weißen Wangen Wimpernkränze wie feine, klare Striche, mit einer Schreibfeder gezeichnet.

»Ich will dort nicht hin. Ich kann das nicht mit dem Englisch. Die Tante, die da wohnt, habe ich noch nie in meinem Leben gesehen. Anscheinend soll ich ein Jahr dort bleiben. Ich habe doch gerade erst neue Freunde gefunden. Und jetzt muss ich schon wieder weg.«

Sie lagen zusammen auf dem Bett und seine Haare

rochen nach dem Apfelshampoo, das er kurz vor dem Schlafengehen benutzt hatte. In seinen Augen spiegelte sich ihr Gesicht und in ihren seines. Dieses Spiegel-im Spiegel-Spiel ging ins Unendliche.

»Mama, kannst du nicht mit Papa reden? Wenn du nicht mit ihm sprechen willst, dann kannst du ihm auch schreiben. Kann ich nicht einfach zu dir zurück?«

Nach diesen Worten drehte er sich verzweifelt zur Wand und sie nahm seine Hand, um ihn dazu zu bringen, sie anzusehen.

»Du kannst nicht? Wirklich nicht? Aber warum denn?« Nochmals wandte er ihr den Rücken zu und erklärte: »Mach das Licht aus. Wie soll ich denn schlafen, wenn es so hell ist?«

Sie stand auf, um die Deckenlampe auszuschalten.

Kurz danach war der Körper ihres Sohnes nur noch im Schein der Straßenlaterne zu erkennen, der durch die Fenster im Erdgeschoss fiel. Aber sie sah die Sorgenfalten auf seiner Stirn. Mit einer Hand strich sie darüber, um sie zu glätten. Doch sofort war sie wieder kraus. Er lag da, mit geschlossenen Augen, sie hörte kaum Atemgeräusche.

Feuchtes Gras, Harz und verwesende Küchenabfälle mischten sich zu einem Durcheinander an Gerüchen in der tiefschwarzen Juni-Nacht. Nachdem sie ihren Sohn zu seinem Vater gebracht hatte, machte sie sich zu Fuß auf den Nachhauseweg, statt den Bus zu nehmen. Fast zwei Stunden brauchte sie. Sie durchquerte Seoul auf taghell erleuchteten Straßen, voll von ohrenbetäubender Musik und stickiger, verschmutzter Luft, im Wechsel mit heruntergekommenen dunklen Gassen, in denen sie streunende Katzen anstarrten, während sie mit ihren Zähnen herumliegende Müllbeutel aufrissen.

Ihren Beinen schien der Marsch nichts auszumachen. Sie fühlte sich auch überhaupt nicht müde. Im fahlen Licht des Aufzugs beäugte sie feindselig ihre Wohnungstür, durch die sie gehen sollte, um sich schlafen zu legen. Dann machte sie auf dem Absatz kehrt und verließ das Gebäude. Schnellen Schritts lief sie durch die Gerüche einer Sommernacht, in der alles Lebendige zu verwesen schien. Eilig betrat sie die Telefonzelle neben dem Pförtnerhäuschen am Tor und suchte in ihren Taschen nach Kleingeld.

»Hallo?«, meldete sich eine Stimme.

Sie öffnete den Mund, atmete ein, atmete aus und wieder ein.

»Hallo?«, fragte die Stimme wieder.

Nervös umklammerte sie den Telefonhörer.

Wie kannst du nur das Kind wegbringen? Noch dazu so weit weg und so lang? Du Mistkerl! Du hast kein Herz.

Bebend und zähneklappernd stand sie da, bis sie es mit zittrigen Händen schaffte, den Hörer wieder auf die Gabel zu legen. Sie fuhr sich so heftig mit ihren Fingern übers Gesicht, dass es einer Ohrfeige glich. Dann strich sie sich über die Lippen, obwohl niemand sie gezwungen hatte still zu sein.

~

Das erste Mal, seit sie ihr Sprechvermögen verloren hatte, betrachtete sie an diesem Abend ihr Gesicht eingehend im Spiegel. Stumm hinterfragte sie, was sie sah. Sie konnte nicht glauben, dass ihre Augen so ruhig waren. Sie wäre nicht überrascht gewesen, daraus Blut, Eiter oder schmutziges Eis hervorquellen zu sehen. Ihre Augen warfen still das Spiegelbild zurück und in den Augen dieser Reflexion war wieder sie zu erkennen, still … So verstummte sie, bis in alle Ewigkeit.

Der Hass, der über eine lange Zeit in ihr gebrodelt hatte, schien im Moment ausbalanciert zu sein, ebenso wie der Schmerz, der in ihr schwelte, ohne je hervorzubrechen.

Nichts ist verheilt.

Nichts ist endgültig vorbei.

~

Der Mann mittleren Alters und der Masterstudent, die sich zuvor unterhalten hatten, waren offensichtlich hinausgegangen, denn sie kommen in diesem Augenblick wieder, jeder einen Becher Eiskaffee in der Hand. Der Mittelalte spricht mit jemandem am Handy, während er zu seinem Platz geht:

»Genau, man muss das Niveau nicht den Stärkeren, sondern den Schwächeren anpassen. Wenn nur die Besseren der Präsentation folgen können, was bringt so eine Mitarbeiterschulung dann überhaupt? Eine Zusatzstunde? Was soll das denn heißen? Wir sind doch kein Großunternehmen. Lass mich morgen mit dem Trainer telefonieren.«

Der Student nickt dem mittelalten Mann zu und setzt sich wieder auf seinen Platz. *Huuu* … Er stöhnt, während er sich reckt und streckt. Seine Halswirbel knacken, während er den Kopf kreisen lässt, nach links, nach unten, zur anderen Seite, nach hinten. Die zehnminütige Pause ist vorbei. Der Griechischlehrer, sonst immer pünktlich, verspätet sich heute. Plötzlich wird es mucksmäuschenstill.

Sie sitzt wie immer reglos auf ihrem Platz. Durch die unveränderte Position tun Rücken, Nacken und Schultern weh. Sie schlägt ihr Heft auf, betrachtet die Sätze, in der vorigen Stunde nach einem Diktat niedergeschrieben, und fügt zwischen zwei Zeilen noch ein paar Wörter hinzu. Sie überarbeitet unvollständige und zu simple Sätze, indem sie sich intensiv mit den komplizierten Verben-Zeitformen, der Deklination der Nomen und der Abgrenzung des Mediums auseinandersetzt. Sie wartet darauf, dass Lippen und Zunge sich bewegen, dass plötzlich ein Ton herauskommt:

γῇ κεῖται γυνή.
Eine Frau liegt auf dem Boden.

χιὼν ἐπὶ τῇ δειρῇ.
Schnee auf ihrem Hals.

ῥύπος ἐπὶ τῷ βλεφάρῳ.
Erde auf ihren Lidern.

»Was ist das?«, fragt plötzlich der Philosophiestudent, der in ihrer Reihe sitzt.

Er zeigt auf das Heft, das sie mit Satzfragmenten gefüllt hat, als Varianten des Satzes, den sie als Beispiel in der vorigen Stunde gelernt hatten: γῇ ἔκειτο γυνή. Sie verliert nicht die Fassung. Sie deckt auch nicht hastig das Heft ab. Sie starrt in die Augen des jungen Mannes wie in einen Eisblock.

Der Schmerz, den sie spürte, nachdem ihr Sohn sich ihr anvertraut hatte, hinterließ zwar unzählige blutige Kratzer auf der eisigen Oberfläche, schaffte es aber nicht, den Panzer ihrer Stummheit zu durchbrechen. Gelegentlich passierte es, dass sie endlos Zähne putzte, zu lange vor dem geöffneten Kühlschrank verharrte, gegen die Stoßstange eines geparkten Autos lief oder aus Versehen mit der Schulter in einem Laden Ausstellungsstücke aus den Regalen fegte. Jedes Mal, wenn sie unter ihrer kalten, zu dünnen Decke die Augen schloss, erschienen ihr verschneite Straßen, unbekannte Passanten und ein kleines Kind in fremd wirkender Bekleidung. Gefolgt von einem unscharfen Gesicht, von dem sie nicht wusste, ob es ihres oder das ihres Sohnes war.

Sie wusste nur, dass eine Öffnung des Tores zu ihrer Sprache schier unmöglich war und dass sie ihren Sohn verlieren würde, wenn das so weiterging. Je mehr sie sich dessen bewusst war, desto weiter entfernte sich das

Tor. Als gäbe es einen Gott, der dafür sorgt, dass das, was man sich am sehnlichsten wünscht, am wenigsten eintritt. Da sie nicht einmal seufzen konnte, wurde sie noch starrer. Aus ihren Augen trat weder Blut noch Eiter.

~

»Ist das ein Gedicht? Haben Sie das geschrieben, in Altgriechisch?«

Der Masterstudent, der am Fenster sitzt, dreht sich neugierig zu ihr um.

»Herr Lehrer!«

Der Kursleiter, der gerade durch die noch offene vordere Klassenzimmertür hereinkommt, hält inne.

Der pickelige Student setzt ein verschmitztes Lächeln auf:

»Sie hat ein Gedicht in Altgriechisch geschrieben.«

Der mittelalte Mann hinter der Säule schaut sie bewundernd an und lacht dabei freundlich. Durch das laute Geräusch erschreckt, schließt sie ihr Heft. Sie starrt den Lehrer an, der auf sie zukommt.

»Stimmt das? Darf ich mal sehen?«

Sie spitzt die Ohren wie jemand, der versucht eine fremde Sprache zu verstehen. Sie starrt auf die unglaublich dicken, leicht grünlichen Brillengläser. Sich der Situation bewusst werdend, packt sie ihr Heft, den dicken Wälzer, das Wörterbuch und das Mäppchen in die Tasche.

»Nein, bleiben Sie. Sie müssen es mir nicht zeigen.«

Sie steht auf. Die Tasche über eine Schulter gehängt, stößt sie leere Stühle zur Seite, die den Weg zur Tür versperren.

~

Kurz vor dem Notausgang, der ins Treppenhaus führt, taucht hinter ihr jemand auf und berührt sie am Arm. Erschrocken dreht sie sich um. Es ist das erste Mal, dass der Griechischlehrer so dicht vor ihr steht. Er ist nicht so groß, wie er auf dem Podest immer wirkt, und sein Gesicht scheint auf einmal um Jahre gealtert.

»Ich wollte Sie wirklich nicht in Verlegenheit bringen«, stößt er außer Atem hervor. Dann kommt er noch näher:

»Vielleicht hören Sie mich auch nicht?«

Er hebt die Hände und fährt in Gebärdensprache fort. Dann wiederholt er die Gesten noch einmal und spricht langsam dazu, damit sie ihn versteht.

»Es tut mir leid. Ich bin nur gekommen, um Ihnen das zu sagen.«

Sie starrt ihn stumm an. Schaut ihm zu, wie er verzweifelt die Hände bewegt, ohne sich entmutigen zu lassen, wobei er immer noch heftig atmet.

»Sie müssen nichts sagen. Sie müssen mir auch nicht antworten. Mir tut es leid. Das wollte ich Ihnen nur sagen.«

~

Die Einbahnstraße führt entlang einer Mauer, die den Lärm der dahinterliegenden Autobahn dämpfen soll. Sie geht auf dem Bürgersteig, den die Stadtverwaltung nicht pflegt, da ihn sowieso nicht viele benutzen. In den Ritzen zwischen den Pflastersteinen wuchert unbehelligt Unkraut. Entlang eines Wohnblocks ist statt einer Gartenmauer eine dichte Hecke aus Akazien gepflanzt, deren Äste sich gegenseitig umschlingen wie kräftige Arme. Die Abendluft voll von dem Geruch nach Autoabgasen und Gras. Der Lärm der nahen Autobahn klingt in ihren Ohren wie das Kratzen von unzähligen Schlittschuhkufen auf Eis und foltert ihre Trommelfelle. Aus den Unkrautinseln am Boden das unablässige Zirpen von Heuschrecken.

Es ist seltsam.

Sie hat das Gefühl, so eine Nacht schon einmal erlebt zu haben.

Sie hat das Gefühl, diese Straße schon einmal entlanggegangen zu sein, überwältigt von Scham und Hilflosigkeit.

Damals konnte sie noch sprechen und ihre Empfindungen waren klarer und stärker gewesen.

Jetzt haben die Wörter sie verlassen.

Losgelöst von ihrem Körper, irren Wörter und Sätze herum wie verlorene Seelen. Sie verfolgen sie in weitem Abstand, wo sie sie kaum hören kann.

Wegen dieser Entfernung lösen sich schwache Empfindungen ebenso schnell wieder von ihr wie ein schlecht klebender Tesafilm.

Sie begnügt sich damit, zu beobachten. Ihre Wahrnehmung übersetzt sie jedoch nicht in Sprache.

Die Bilder ihrer Umgebung spiegeln sich in ihren Augen und verwischen bei jedem Schritt. Die Dinge verschwinden, wie sie gekommen sind, ohne in Sprache übersetzt zu werden, in welche auch immer.

~

Vor langer Zeit war sie durch eine Sommernacht wie diese gelaufen und hatte allein vor sich hin gelacht.

Zuvor hatte sie zu dem fast vollen Mond hochgeblickt – der 13. Tag des Mondkalenders.

Dabei dachte sie, dass er einem griesgrämigen Gesicht ähnelte und dass die runden Höhlen seiner Krater Augen seien, die versuchten, Enttäuschung zu verbergen.

Dann fühlte es sich so an, als würden sich die Wörter aus ihrem Inneren bahnbrechen, und sie lachte, bis ihr Tränen übers Gesicht liefen.

Es war eine Nacht, in der die Hitze, die nach der Sommersonnenwende aufgetreten war, mit der Dunkelheit schwächer wurde.

Lange her, doch vielleicht nicht lang genug.

Sie lief hinter ihrem Kind, eine große kühle Wassermelone unter dem Arm.

Ihre liebevolle Stimme plätscherte vor sich hin und verlor sich in der näheren Umgebung.

Keine Bissspuren auf den Lippen.

Keine Blutsprenkel in den Augen.

8

ῥύπος ἐπὶ τῷ βλεφάρῳ
Kallepa ta kalla.

Schönheit ist schön.
Schönheit ist schwierig.
Schönheit ist vornehm.

Alle drei Übersetzungen stimmten. Denn die Wörter für schön, schwierig und vornehm sind im Altgriechischen nicht leicht zu unterscheiden. Ganz wie das Wort 빛[bit] in meiner Muttersprache, das zwei Bedeutungen hat: Licht und Farbe.

Es war das erste Mal seit meiner Rückkehr aus Deutschland, dass ich ein Fest zu Ehren Buddhas besuchte. Ich war allein zum Tempel von Suyuri gegangen, zu dem ich vor langer Zeit meine Mutter und meine Schwester begleitet hatte. Die Kartoffelfelder, früher links und rechts des abschüssigen Weges, waren mittlerweile unter Beton verschwunden, unter mittelhohen Wohngebäuden. Erst nachdem ich den ersten Torbogen durchschritten hatte, sah ich den Tempel, der wie aus der Zeit gefallen wirkte. Alles noch so, wie ich es in Erinnerung hatte, nur die Pagode und der offene Glockenpavillon schienen geschrumpft zu sein. Da ich nun erwachsen war, wirkte alles kleiner.

Zu dieser Zeit konnte ich mich noch mühelos nachts bewegen und so wartete ich, bis sich Dunkelheit über die Anlage legte. Die Lotosblumen nachgeahmten Lampions waren weniger zahlreich als früher – wahrscheinlich waren im Laufe der Zeit die rührigen alten Helferinnen gestorben –, doch an Schönheit hatten sie nicht verloren. Im Gegenteil, sie machten sogar einen stärkeren Eindruck auf mich als in meiner Kindheit. Sie berührten mich und erfüllten mich mit einer ungewissen Sehnsucht, während sie mich damals einfach nur beeindruckt hatten.

Als schließlich die Nacht hereinbrach, setzte ich mich auf den Boden des hölzernen Vorbaus eines großen Versammlungsraums, um das Schauspiel der Lichter zu beobachten, wenn die Lampions durch einen Windhauch in Bewegung gerieten. Nie zuvor hatte ich dermaßen stark empfunden, dass das Schöne und das Heilige, Licht und Farbe, die sonst einem Wort unterschiedliche Bedeutungen gaben, plötzlich vereint waren. Erst als die Tempelanlage gegen 23 Uhr geschlossen wurde, erhob ich mich.

Plötzlich überkam mich ein seltsames Gefühl. Ich murmelte: *Zurück nach Hause*, und ohne groß darüber nachzudenken, lief ich zum Ausgang. Es war ein halbstündiger Fußmarsch bis zur Hauptstraße, an der sich eine Bushaltestelle befand. Die Busfahrt zu meiner Wohnung würde dann noch ungefähr eine Stunde dauern, aber ich hatte plötzlich das Gefühl, nie ans Ziel zu kommen. Selbst wenn ich die U-Bahn nehmen oder auf andere Linien umsteigen würde, ich hatte den Eindruck, dieser so lebendigen Nacht nicht entkommen zu können.

Dieses Gefühl war mir nicht fremd. Es war eigentlich die Fortsetzung meines wiederkehrenden Traums, der mich seit den Teenager-Jahren heimsuchte, als ich nach Deutschland gekommen war. In diesem Traum saß ich bei Sonnenuntergang in einem Bus, und die Zeichen, die ich durch die Fensterscheiben sah, konnte ich nicht einordnen, weder als deutsch noch als koreanisch. Daraufhin wollte ich sofort aussteigen, denn offensichtlich war ich hier falsch. Aber an welcher Station? Welchen anderen Bus musste ich nehmen, sollte ich überhaupt aus diesem herauskommen? Das Schlimmste war, dass ich mich nicht einmal erinnern konnte, wohin ich eigentlich wollte. So blieb mir nichts anderes übrig, als reglos hinten im Bus zu sitzen und auf die immer dunkler werdende Straße zu starren.

Ich spürte also beim Laufen das gleiche undefinierbare Gefühl, das mir so schrecklich vertraut vorkam, weil es jedes Mal nach dem Aufwachen aus diesem Alptraum präsent war. Ich versuchte es zu verdrängen. Die Luft war ziemlich kühl geworden. Die roten Lampions, die sich über meinem Kopf aneinanderreihten, schaukelten leise im Wind, Schönheit und Ruhe ausstrahlend, einfach nur perfekt.

»Das Universum ist eine Illusion und leben ist träumen«, entfuhr es mir plötzlich.

Aber das Blut fließt und die Tränen sprudeln.

9

Zwielicht

Bist du jemals in der Morgendämmerung spazieren gegangen?

Wenn man im Morgengrauen in die kalte Luft hinaustritt und feststellen muss, wie warm und empfindlich der menschliche Körper doch ist. Wenn im frühen Zwielicht jeder Gegenstand bläulich schimmert und in den noch verschlafenen Augen ein wunderbares Staunen hervorruft.

Zu der Zeit, als wir noch im ersten Stock am Ende der Kriegsstraße wohnten, liebte ich es, im Morgengrauen einen Spaziergang zu machen. Wenn die Luft dann ihr bläuliches Schimmern verloren hatte, kehrte ich heim, wo ihr noch schlieft, du und unsere Eltern. Ich machte mir Licht, weil es in der Wohnung immer noch dunkel war, und suchte, hungrig geworden, im Kühlschrank nach etwas Essbarem. Auf Zehenspitzen schlich ich dann, ein paar Nüsse knabbernd, in mein Zimmer.

Das wäre heutzutage für mich ein Ding der Unmöglichkeit, da ich mich nur noch am helllichten Tag oder an Orten mit guter Beleuchtung ungezwungen bewegen kann. Also bleibt mir nur meine Phantasie. Ich stelle mir vor, wie ich bei Sonnenaufgang die Wohnung verlasse, kräftig ausschreite, durch Straßen laufe, in denen kaum Fußgänger oder Autos zu sehen sind, und die Wohnung erreiche, in der wir vor langer Zeit wohnten.

Erinnerst du dich noch an diese Wohnung?

Mit ihren vier Schlafzimmern war sie großzügig geschnitten, doch die Winter waren hart, es zog permanent. Mutter beschwerte sich darüber und meinte, der Grund dafür wäre, dass sie nach Osten hin ausgerichtet sei. Aber ich liebte sie gerade deswegen. Wenn ich im Morgengrauen das Wohnzimmer betrat, wirkten die Möbel wie in blauen Voile gehüllt. Noch im Nachthemd sog ich den Anblick fasziniert ein. Ich hatte das Gefühl, als sprieße endlos blaues Garn hervor und wirbele durch die kalte Luft. Zu dieser Zeit wusste ich noch nicht, dass das keineswegs Einbildung, sondern dem Nachlassen meines Augenlichts geschuldet war.

Erinnerst du dich noch an das Küken, dem wir den Namen Bibi gegeben hatten?

Du warst noch nicht eingeschult, als ich das nestwarme Tierchen, das ich vor der Schule gekauft hatte, in einer Papiertüte mit nach Hause brachte. Deine Wangen strahlten rot vor Freude. Nur deiner Beharrlichkeit hatten wir es zu verdanken, dass Mutter uns erlaubte, es zu behalten.

Doch es dauerte keine zwei Monate, und wir mussten ihm ein kleines Kreuz basteln. Wir verwendeten dafür zwei mit einem Faden zusammengebundene Essstäbchen. Weil uns Grabsteine unbekannt waren, hielten wir uns an Bilder, die wir aus westlichen Märchenbüchern kannten.

Die Erde im Gemeinschaftsbeet vor dem Mehrfamilienhaus war gefroren. Nach einer tränenreichen Nacht hast du mit verquollenen Augen dort herumgescharrt und schließlich aufgegeben, die Hände starr vor Kälte. Esslöffel waren alles, was wir als Grabwerkzeug hatten, und meiner verbog komplett, besiegt von der harten Oberfläche. Derweil lag Bibi steif daneben, eingewickelt in ein Stück Mullbinde.

Ich muss dir gestehen, gleich im ersten Winter nach meiner Rückkehr bin ich hingefahren.

Das Mehrfamilienhaus gibt es nicht mehr. Dafür steht dort jetzt ein Geschäftsgebäude mit zwei zusätzlichen Stockwerken. Wo früher ein Beet war, sind jetzt weiße Striche auf dem Asphalt, die die Stellflächen der Parkplätze markieren. Zwei Autos, ein Kleintransporter und ein Pritschenwagen parkten dort. Während ich die Fahrzeuge mit ihren zugefrorenen Scheiben und Außenspiegeln betrachtete und den Atemwölkchen hinterhersah, die aus meinem Mund kamen, fragte ich mich ganz automatisch:

Was wohl aus den kleinen Knochen geworden ist?

~

Ran,

den Brief und die CD, die du mir geschickt hast, habe ich erhalten. Ich habe mich am gleichen Abend darangesetzt, dir zu schreiben, fand aber nicht die richtigen Worte, weswegen ich heute neu beginne. Ich weiß nicht warum, aber alles, was ich zurzeit zu Papier bringe, sind nur irgendwelche Banalitäten.

Wie dem auch sei, du kannst versichert sein, dass es mir gut geht.

Ich habe einen fähigen Arzt, den ich regelmäßig aufsuche, ich koche für mich und ernähre mich gesund. Jeden Morgen mache ich eine halbe Stunde Gymnastik und am Nachmittag einen ausgedehnten Spaziergang im Viertel.

Was die Gesundheit betrifft, so ist es eher deine, die Sorge bereitet. Du gibst immer Vollgas. Wenn du einmal etwas angefangen hast, bringst du es auf Biegen und Brechen zu Ende. Du kümmerst dich zu wenig um dich und deine Bedürfnisse, und am Ende wirst du oft krank.

An dir ist ein Mann verloren gegangen, wohingegen ich nie ein richtiger war. Zumindest nicht in den Augen unserer Eltern und Verwandten. Du hasstest es, wenn man dir sagte, du solltest dir ein Beispiel an mir nehmen und deinen Schrank aufräumen, deinen Schulranzen vor dem Schlafengehen gewissenhaft packen oder ordentlich schreiben. Ganz zu schweigen davon, Erwachsene mit Respekt zu behandeln. Du bist jedes Mal in die Luft gegangen wie der Dampfkessel einer Lokomotive: »Mutter, hör doch auf! Mir ist eh schon zu heiß. Sogar im Kühlschrank würde ich schmelzen!«

Ran, bist du immer noch so?

Gerätst du so schnell in Rage, dass du ein ganzes Kühlhaus brauchst, um dich abzuregen?

Begnügst du dich immer noch mit einer Schale Müsli je morgens und abends wie zu Schulzeiten? Du hast immer vorgegeben, wegen der Gesangsproben keine Zeit zu haben.

Verstehst du dich jetzt besser mit deinem Chorleiter? Du meintest ja, du könntest ihn nicht ausstehen.

Hast du in letzter Zeit mit unserer Mutter telefoniert?

Wie geht es ihren Knien?

Glaubst du, sie kommt allein zurecht?

Meine Arbeit als Lehrer an der Abendschule klappt prima. Ihr verschwendet nur Kraft, wenn ihr euch Sorgen macht. Mama fürchtet ja immer, ich könne eines Tages ohne Geld dastehen und wäre dann zu stolz, euch das zu beichten. Kannst du ihr sagen, dass ein neuer Lateinkurs für Anfänger dazugekommen ist und ich jetzt vier Kurse pro Woche habe? Auch wenn der Unterricht mehr wird, ist die Arbeit nicht schwer, da die Klassen sehr klein sind und ich Spaß daran habe, gebildete Erwachsene zu unterrichten. Während der ersten zwei, drei Jahre nach meiner Rückkehr kam ich auf die Idee, die asiatischen Klassiker zu lesen, und zusammen mit meinen Kursteilnehmern versuchte ich

Antworten zu finden auf Fragen, die ich nicht verstand, was uns einander näherbrachte – aber mir wird erst jetzt bewusst, dass es viel zu lange her ist, dass ich mich bei ihnen gemeldet habe. Ich gebe zu, dass ich manchmal meine Schüler beneide, wenn ich sie mir so ansehe – um ihre Selbstsicherheit, die nur Leute haben, deren Leben in puncto Sprache und Kultur nicht zweigeteilt ist, wie das auf uns zutrifft.

Ran,

vor Kurzem beobachtete ich eine sehr spezielle Schülerin.

Da die Kurse nicht viele Teilnehmer haben, kann ich die Begeisterung jedes einzelnen Schülers schon an seinem Blick erkennen. Diese Frau jedoch hatte von Anfang an kein Interesse am geschriebenen Wort. Weder an der griechischen Philosophie noch an Literatur oder dem Neuen Testament, das ich hin und wieder verwende. Dies ist jedoch kein Ausdruck von Faulheit, denn sie hat bis jetzt noch keine einzige Stunde verpasst. Ich spüre, dass sie sich ausschließlich für die Besonderheiten der Sprache interessiert, für Grammatik und bestimmte Formulierungen.

Das Seltsamste an ihr ist jedoch, dass sie nicht spricht und nicht lacht. Wenn ich sie etwas frage, schweigt sie. In den Pausen unterhält sie sich nicht mit ihren Mitschülern. Zuerst dachte ich, sie sei schüchtern, doch seit sechs Monaten ist ihr kein einziges Wort über die Lippen gekommen und das ist schon merkwürdig.

Eines Abends, als ich nach der Pause ins Klassenzimmer zurückkam, machte mich einer der Schüler amüsiert darauf aufmerksam, dass sie ein Gedicht in Altgriechisch geschrieben habe. Ich war neugierig und bat sie, es mir zu zeigen, aber sie starrte mich nur an, bevor sie fluchtartig den Raum verließ.

In diesem Augenblick kam ich zu dem Schluss, dass sie taubstumm sein musste und mit Mühe dem Kurs folgte, indem sie Lippen las. Das erklärte auch, warum sie weder auf meine Fragen noch auf meine Scherze reagierte.

Ich bin ihr auf den Gang nachgeeilt und erwischte sie gerade noch am Arm, bevor sie im dunklen Treppenhaus verschwand. Denn außerhalb des Bereichs der hellen Gangbeleuchtung hätte ich sie nicht mehr sehen können. Ich entschuldigte mich bei ihr, nicht ohne meine Worte auch in Gebärdensprache zu übersetzen. Ich fragte sie, ob sie tatsächlich taub sei und ich es einfach nicht wusste. Ich sagte ihr, dass ich sie nicht kränken wollte. Plötzlich bemerkte ich, dass ich die deutsche Gebärdensprache benutzte, die von der koreanischen abweicht, doch anders konnte ich es nicht.

Von ihr kam wieder keine Reaktion. Sie sah mich nur an. Die Stille dieser Frau ist erschreckend und irgendwie gespenstisch. Ich kann dir gar nicht erklären, was ich in diesem Augenblick empfand. Es war totenstill. Das Gefühl erinnerte mich an damals, als ich den toten Körper von Bibi hochhob, um ihn in die Mullbinde einzuwickeln … als ich auf die Mulde blickte, mit unseren Löffeln in den gefrorenen Boden geschabt.

Weißt du, was ich meine?

Es war das erste Mal, dass ich bei einem lebendigen Menschen eine solche Stille gespürt habe.

~

Ran,

ich habe deinen Brief und die CD erhalten.

Es hat einige Zeit gedauert, dir zu antworten.

Das Schreiben fällt mir momentan schwer.

Aber kein Grund zur Beunruhigung.

Wie es sich Mutter immer gewünscht hat, verbringe ich nicht mehr so viel Zeit mit Lesen.

Zur Untätigkeit verdammt, wenn die Straßen nicht beleuchtet sind und ich nicht spazieren gehen kann, bin ich auch nicht mehr so geübt darin, zum Stift zu greifen und einen Text zu schreiben, sei er noch so kurz.

Dafür höre ich jeden Tag deine CDs. Es passiert mir, dass ich deine Stimme zu erkennen meine, sobald ein Sopran kommt.

Bei dir ist gerade Abend und es beginnt zu dämmern.

Es muss noch ziemlich hell sein, aber die Läden schalten ihre Beleuchtung ein, nach und nach. Auf dem Bürgersteig belebt es sich und die Trambahnhaltestellen füllen sich mit nach der Arbeit heimwärts Strebenden. Andere eilen an den Obdachlosen vorbei und hinab in die U-Bahn-Schächte.

Bei mir ist es Nacht.

Ich schreibe diesen Brief bei offenem Fenster, während ich leise eine deiner CDs höre. Manchmal summe ich mit.

Erinnerst du dich an die Sommernächte hier?

An die feuchte und kühle Luft, die einen für die Hitze des Tages zu entschädigen scheint.

An die Dunkelheit, die wie ein großer Teich wirkt.

An die Gassen, an ihren Duft nach Gräsern und dem Harz der Laubbäume.

An Motorenlärm bis in die Morgenstunden.

An das Spektakel der Insekten auf dem düsteren Grünstreifen, der sich bis zu dem dahinterliegenden Hügel erstreckt.

Dein Gesang mischt sich darunter.

Kann ich dir etwas anvertrauen?

Wie oft habe ich mich bei dir beschwert, dass du mir auf die Nerven gehst? Temperamentvoll, wie du warst, brachtest du mich mit deiner sorgfältig trainierten Stimme immer wieder auf die Palme. Aber eines wusstest du wahrscheinlich nicht. Wenn ich in unserem ersten Winter in Frankfurt, der sehr viel strenger war als der in Seoul, erschöpft von der Schule heimkam, weil mir das Klassenzimmer, die Sprache und die Leute fremd waren, blieb ich einen Moment lang draußen vor der Wohnungstür stehen, um dir beim Singen zuzuhören. Ich lehnte mich an die Wand im Hausflur und deine samtweiche Stimme streichelte mein Gesicht.

Im darauffolgenden Winter in Mainz, wohin wir auf der Suche nach einer erschwinglichen Wohnung umgezogen waren, hast du mir ein Geständnis gemacht. Du kamst gerade in die Pubertät. Wir saßen an einem fast leeren Tisch und aßen gemeinsam ein nicht sonderlich leckeres Müsli. Unsere Mutter abwesend, weil sie immer spät aus ihrem asiatischen Lebensmittelgeschäft nach Hause kam. Mit gesenktem Blick hast du mir anvertraut, dein Körper sei nichts weiter als ein armseliges Instrument und du hättest Angst vor der Stille, die zwischen ihm und deinem Gesang herrscht, in jenem kurzen Moment, bevor du zu singen anfängst. Du fühltest dich wie am Rand einer Klippe.

Verunsichert hast du mich angesehen, wie damals, als du als sechsjähriges Mädchen über deine blaugefrorenen Finger klagtest. Also dachte ich scharf nach und erkannte, dass du dich mit deiner Stimme schlecht selbst trösten konntest. Wer aber könnte dann dein Tröster sein? Ich glaube, ich bin an dieser Frage verzweifelt.

Ist es dir mit mir genauso gegangen?

Als du von unserer Mutter erfuhrst, dass ich ein Flugticket nach Korea gekauft hatte, hast du dich am Vorabend der Generalprobe in den Zug gesetzt und bist gekommen. Der Kragen deines Regenmantels war nach innen geschlagen, und ein leuchtend weißer Schal mit grüngelben Akzenten schützte deinen Hals vor kalter Luft, ließ dich wie eine Göttin aussehen. Du sagtest, du verstündest mich nicht. Ich glaubte, dass du *uns* liebst.

Von Zeit zu Zeit grüble ich:

Blutsbande sind eine seltsame Sache.

So furchtbar traurig.

Zu der Zeit, als wir zart und zerbrechlich waren, von einer Seite der Welt zur anderen umzogen, schienen wir zwei Eier im selben Korb, zwei Kugeln aus dem gleichen Ton zu sein. Dein Gesicht, das weinte, lachte oder Grimassen zog, war Zeuge meiner Kindheit, die Risse bekam, auseinanderbrach und wieder zusammengeklebt wurde.

Mir passiert es, dass ich laut lache, wenn ich an unsere Kindereien denke. Wir neckten uns gegenseitig, indem wir uns neue Vornamen erfanden. Wir sagten Abzählreime auf, wenn ich dich auf meinem Rücken trug. Wo sind wir denn? An der Haltestelle. Wo sind wir denn? Noch weit, weit weg … Das war die kurze Zeit, als ich noch stärker war und mich um dich kümmern konnte.

Ich sehe dich noch unermüdlich bunte Papierstückchen auf das Pappkarton-Haus für Bibi kleben.

Unseren Vater im Schlafanzug, der nach der Nacht, in der das Küken bis zum letzten Atemzug durchgepiept hatte, einen feindseligen Blick auf den kleinen Körper warf und rief:

»Werft das sofort weg!«

Du warst erschöpft vom Wachen bei Bibi. Schluchzend hast du unserem Vater in den Bauch geboxt und sogar in den Oberschenkel gebissen.

Ran.

Denkst du von Zeit zu Zeit an unseren Vater?

Er liebte dich – er nahm dich bei der Hand und ging mit dir in den Zoo, in den Vergnügungspark, ins Café. Du musst eine Menge Erinnerungen haben, die mir fehlen.

Mich liebte er nicht. Wie so viele Leute, die dich und mich verglichen, äußerte auch er sich unserer Mutter gegenüber so. Dass ich ein verklemmter Junge sei und folgsam wie ein Mädchen, das nur das Lernen kennt. Als Junge müsste man sein wie du, offen und draufgängerisch, damit man zu einem echten Mann wird. Aber ich weiß schon. Was Vater an mir nicht mochte, war nicht mein Temperament, es waren meine Augen. Er wollte mir nie in die Augen schauen. Passierte es doch einmal zufällig, wandte er sich geflissentlich ab, langsam und gelassen, bevor unsere Blicke sich treffen konnten. Er war ein kalter Mann, der als sehr junger leitender Angestellter schnell die Karriereleiter hinaufkletterte. Ein Mann, der ein Jahr nach seiner Ernennung zum Leiter der deutschen Niederlassung kündigte und von einem Tag auf den anderen verschwand, ohne jemandem etwas zu sagen. Als er genauso plötzlich nach sechs Monaten wieder auftauchte, brauchte er schnellstens eine Augenoperation. Nachdem die Operation fehlgeschlagen war, zogen wir in die Wohnung nach Mainz. Von da an wollte er sein Zimmer am Ende des Gangs nicht mehr verlassen. Das blieb so bis zu seinem Tod.

Hat er es dir gesagt?

Wo er während seines Verschwindens war?

In der Dunkelheit welcher Stadt er sich verkrochen hat?

Das würde ich ihn gerne fragen, ganz emotionslos, weder geleitet von Mitgefühl noch von Zuneigung, von der sowieso nur noch Spuren übrig sind.

Was er in dieser Zeit gehört und gesehen hat, und ob die Dunkelheit tatsächlich wie die ewige Nacht ist?

Hätte dieser gefühlskalte Mensch sich über mich lustig gemacht, wenn ich ihm diese Fragen gestellt hätte, solange er noch am Leben war? Hätte er seine leeren Augen, unterhalb der schönen Augenbrauen, in meine Richtung gedreht und mich ohne die unnütz gewordenen Brillengläser angesehen?

Du fehlst mir, Ran.

Du starrköpfiger Schreihals!

Du weißt, dass ich niemals Weisheit erlangen werde, selbst wenn ich irgendwann völlig erblinde, zumindest nicht in der Art, die mich mit dem Herzen sehen lässt. Du weißt, dass ich mich in zahlreichen konfusen Erinnerungen und zarten Gefühlen verlieren werde. Du weißt, dass ich in dieser angeborenen Dummheit verharren werde, ohne zu wissen, auf was ich warte, Hauptsache, geduldig.

Deine CD hat aufgehört, sich zu drehen, und
die Nacht ist schwärzer geworden.

Erfüllt von deiner Stimme,
gibt mir die Ruhe Geborgenheit.

Drei Stunden muss ich noch bis Sonnenaufgang warten.

Während ich warte, werde ich ein Nickerchen machen.

Wenn ich das Licht lösche, wird die Dunkelheit kommen.

Die Nacht meiner Augen ist schwärzer als Tinte. Ob ich sie öffne oder schließe, es macht keinen Unterschied.

Aber kannst du mir glauben, wenn ich dir sage, dass ich jeden Abend das Licht lösche, ohne zu verzweifeln? Weil ich die Lider vor Sonnenaufgang wieder öffnen werde. Weil ich die Vorhänge aufziehen und das Fenster aufreißen werde, um den verhangenen Himmel durch das Mückennetz hindurch zu sehen. Weil ich in meiner Phantasie, nur in einer dünnen Jacke, das Haus verlassen und Schritt um Schritt auf düsteren Gehsteigen entlangwandeln werde. Weil ich beobachte, wie das Gewebe der Dunkelheit allmählich ausfranst, die bläulichen Fäden sich auf meinen Körper und die Stadt legen. Weil ich meine Brille putzen werde und mit weit geöffneten Augen den Kopf in dieses vergängliche blaue Licht tauche. Glaubst du mir? Allein bei der Vorstellung schlägt mein Herz schneller.

10

παθεῖν
μαθεῖν

»Diese zwei Verben – ›leiden‹ und ›erkennen‹ – sind sich sehr ähnlich, oder? Indem er mit diesen Wörtern spielt, möchte Sokrates andeuten, dass beides tatsächlich mehr miteinander zu tun hat, als es auf den ersten Blick scheint.«

Sie nimmt den sechskantigen Bleistift zur Hand, auf den sie abwesend ihren Ellbogen gestützt hatte, weswegen er jetzt schmerzt. Die Stelle kurz massierend schreibt sie die beiden Wörter von der Tafel in ihr Heft. Zunächst in Altgriechisch, doch dann stockt sie. Ihr gelingt es nicht, eine adäquate koreanische Bedeutung zu notieren. Die linke Hand zur Faust geballt, reibt sie sich die Augen, obwohl sie nicht müde sind. Sie betrachtet das blasse Gesicht des Lehrers. Die weiße Kreide in seiner Hand, die Linien der koreanischen Wörter auf der Tafel, die wirken wie Spuren getrockneten fahlen Blutes.

»Man darf sich jedoch nicht damit zufriedengeben, hier

nur ein Wortspiel zu sehen, denn für Sokrates bedeutete ›erkennen‹ tatsächlich ›leiden‹. Wenn er vielleicht nicht selbst dieser Meinung war, dann war es auf jeden Fall der junge Platon.«

Der mittelalte Mann hinter der Säule schlürft seinen Automatenkaffee. Wegen ihm war der Kurs seit einer Woche auf zwanzig Uhr verschoben worden. Er hatte sich beschwert, keine Zeit fürs Abendessen zu haben, da er direkt von der Arbeit hierher käme. Doch scheint er neuerdings müder zu sein. Vielleicht liegt das an dem Völlegefühl. Der Philosophiestudent ist seit einer Woche abwesend. Wahrscheinlich ist er zu seinen Eltern gefahren, weil das Semester zu Ende ist. Der Student im Masterstudiengang wiederholt stumm die griechischen Wörter. Lautlos bewegen sich seine Lippen. Einmal hatte er gegenüber dem Philosophiestudenten geäußert, er träume davon, in England altgriechische Medizin zu studieren, sobald er seine Masterarbeit in Medizingeschichte erfolgreich abgeschlossen habe. Dazu bräuchte er das Stipendium einer Pharmafirma, die ihm das Studium und den Aufenthalt finanziert. Einmal brachte er einen Originaltext des griechischen Arztes Galen mit, über und über mit seinen Anmerkungen versehen, und drängte den Griechischlehrer dazu, ihm bei einigen Passagen zur Anatomie zu helfen. Er beklagte sich, dass der Text so schwer zu verstehen sei. Der Lehrer hatte lächelnd geantwortet: »Altgriechisch ist eine schwere Sprache, selbst für Europäer. Genauso wie ein Großteil der jungen Koreaner nicht in der Lage ist, Texte in klassischem Chinesisch zu lesen … Also halten Sie die Messlatte nicht zu hoch.«

»… eines Tages verkündete das Orakel von Delphi, dass niemand weiser als Sokrates sei. Daraufhin begann für ihn der zweite Teil seines Lebens, in dem er alles und jeden in Frage stellte. Sich am Eingang des Marktplatzes aufhaltend, wiederholte er immer wieder, dass er nichts wisse. Er sei ein Bettler, ein Streitsüchtiger, ein Blender. Er wisse nichts. Er warte darauf, dass ihm irgendjemand Weisheit vermittle. Der Rest seines Lebens bestand darin, dass er ein Lehrling ohne Meister war. Es war eine Zeit des Leidens, deren Ende wir ja kennen.«

Immer noch starrt sie das blasse Gesicht des Griechischlehrers an. Die koreanischen Wörter von der Tafel bleiben stumm in ihrer rechten Hand stecken, schweißnass den glatten sechskantigen Bleistift umklammernd. Sie kennt die Wörter, aber gleichzeitig sind sie ihr völlig unbekannt. Übelkeit steigt in ihr hoch. Sie kann, und kann doch nicht, einen Zusammenhang zwischen den beiden Wörtern herstellen. Sie kann, und kann doch nicht, diese Wörter aufschreiben. Sie senkt den Kopf. Vorsichtig atmet sie aus. *Ich will nicht einatmen.* Sie nimmt einen tiefen Atemzug.

11

Nacht

Ihre Mietwohnung ist ziemlich dunkel.

Sie liegt im Erdgeschoss und vor dem Wohnzimmer stehen Bäume. Die Aussicht, die mächtigen Stämme ansehen zu können, hat sie überzeugt, dieses Apartment zu nehmen. Sie hatte nicht bedacht, dass die Bäume selbst zur Mittagszeit Schatten machen.

Als ihr Sohn noch bei ihr lebte, ließ sie immer eine Lampe mit einer Tageslichtbirne brennen, doch jetzt hält sie das nicht mehr für notwendig. Sie verbringt den größten Teil der Zeit im dunklen Wohnzimmer, das es einem schwer macht zu erraten, wie das Wetter draußen ist. Sie geht so gut wie nie in das große Schlafzimmer, das sie mit ihrem Sohn teilte und in dem ein Doppelbett, ein Schrank und ein Fernseher stehen. Aber auch nicht in das kleine Zimmer mit dem Schreibtisch und dem Holzregal, das sie extra für ihn hatte bauen lassen. Das ist der einzige Raum, der dem Schatten der Bäume entkommt. Doch sie öffnet die Tür nur an Tagen, wenn ihr Sohn da ist.

Kurz nach dem Tod ihrer Mutter – der Kleine lebte noch bei ihr und sie hatte noch nicht ihre Sprache verloren – hängte sie die Trauerkleidung, für ein Jahr ihr tägliches, vollkommen schwarzes Gewand, an die sechzig Zentimeter breite Garderobenstange. Ein Baumwoll-Sweatshirt für die Übergangszeit und eine kurzärmelige Bluse. Eine Hose, ebenfalls aus Baumwolle, und eine Jeans. Dazu einen Rollkragenpullover und einen Wollmantel. Ergänzt durch einen gestrickten Schal aus dicker Wolle sowie dunkelgraue Handschuhe.

»Das ist alles. Mehr brauche ich nicht«, murmelte sie.

Das Kind, das auf der Bettkante saß, fragte:

»Warum musst du ein Jahr lang Schwarz tragen?«

Sie antwortete in sachlichem Ton:

»Vielleicht weil man fürchtet, dass das Herz sonst zu froh wird.«

»Darf es das nicht?«

»Davon bekäme man Schuldgefühle.«

»Wegen Omi? … Aber sie mag es, wenn du lachst.«

Also drehte sie sich zu ihm und lächelte ihn an.

~

Ihr Leben ist monoton.

Sie wäscht ihre wenigen Kleidungsstücke regelmäßig, geht in einem kleinen Lebensmittelladen an der Ecke das Nötigste einkaufen und kocht sich etwas, bevor sie aufräumt. Ist sie nicht mit so alltäglichen Dingen beschäftigt, sitzt sie bewegungslos auf dem Sofa im Wohnzimmer und betrachtet die mächtigen Stämme und das Geäst der Bäume. Die Wohnung liegt im Halbdunkel, noch ehe der Abend kommt. Sobald die Umrisse der Bäume in der Dunkelheit nicht mehr zu erkennen sind, verlässt sie ihr Heim. Sie geht durch die Wohnanlage, auf die sich die Nacht herabsenkt, und erreicht den Fußgängerüberweg, an dem die Ampel ein paar Mal blinkt, bevor sie auf Rot springt.

Sie läuft bis zur Erschöpfung. Sie läuft, bis sie nicht mehr in der Lage ist, die Stille in ihrer Wohnung zu spüren, in die sie früher oder später zurückkehren muss. Sie läuft, bis sie nicht mehr die Kraft hat, die schwarzen Bäume, die schwarzen Vorhänge, das schwarze Sofa und die schwarzen Legostein-Schachteln wahrzunehmen. Sie läuft, bis sie so müde ist, dass sie aufs Sofa sinkt und sofort einschläft, ohne sich zu waschen oder sich zuzudecken. Damit sie nicht durch einen Alptraum aufwacht, der sie dann davon abhalten würde weiterzuschlafen. Damit sie nicht bis zum Morgengrauen zwanghaft die Erinnerungsfetzten zusammensetzt, die in ihrem Kopf herumschwirren.

Donnerstags, wenn sie den Griechischkurs besucht, geht sie etwas früher aus dem Haus, ihre Tasche geschultert. Sie steigt dann ein paar Stationen eher aus und legt den Rest der Strecke zu Fuß zurück, tapfer die wahnsinnige Hitze ertragend, die der Asphalt abstrahlt. Ein Schweißfilm liegt auf ihrer Haut, auch noch lange nachdem sie das Gebäude des Instituts betreten hat.

Eines Abends, sie nahm gerade die Treppe in den

ersten Stock, erblickte sie ihren Lehrer vor sich. Automatisch blieb sie stehen. Sie achtete darauf, kein Geräusch zu machen. Aber er schien ihre Gegenwart gespürt zu haben, denn er drehte sich um und lächelte sie an. In diesem Lächeln lagen gleichermaßen Vertrautheit, Verlegenheit und Resignation, was darauf schließen ließ, dass er sie begrüßen wollte, sich jedoch im letzten Moment dagegen entschieden hatte. Sein schon wieder ernstes Gesicht schien sie aufzufordern, die richtigen Schlüsse aus dem Lächeln zu ziehen.

Trafen sie sich nach diesem Tag einmal zufällig auf dem Gang oder der Treppe, beschränkte er sich auf die Andeutung eines Nickens. Bis sie dann das Klassenzimmer betraten, er durch die Vordertür, sie durch die hintere, schritten sie nahezu synchron nebeneinander her. Beide hatten sie einen leichten Rundrücken, trugen eine große Tasche über der Schulter und waren sich der Anwesenheit des anderen bewusst, ohne gefühlsmäßig davon berührt zu sein.

~

Er setzt immer einen speziellen Gesichtsausdruck auf, wenn er sich an jemanden wendet. Sein Blick sagt, dass er demütig nach Zustimmung heischt, doch es liegt auch noch etwas anderes darin als simple Bescheidenheit, nämlich verhaltene Traurigkeit.

Eines Abends waren sie allein im Klassenzimmer, eine halbe Stunde bevor der Kurs begann. Nachdem sie sich hingesetzt hatte, nahm sie ihr Lehrbuch und etwas zum Schreiben. Dann hob sie den Kopf und ihre Blicke kreuzten sich. Er stand auf, verließ seinen Platz neben dem Lehrerpult, ging zu einem Tisch in ihrer Nähe, zog den Stuhl hervor und setzte sich ihr gegenüber. Dann hob er die Hände, um sie ineinanderzulegen, doch für einen kurzen Augenblick hatte sie gedacht, er wollte ihr die Hand entgegenstrecken. Er saß nur da, die Finger ineinander verschränkt. Als dachte er darüber nach, ob er sie ansprechen sollte oder nicht. Kurze Zeit später waren Schritte auf dem Gang zu hören und er stand auf, um zu seinem Podest zurückzukehren.

~

Es kam vor, dass sie sich gegenseitig beobachteten und auf den rechten Augenblick warteten. Während des Kurses. Während der Pause auf dem Gang, vor dem Verwaltungsbüro. Immer vertrauter wurde ihr sein Gesicht. Seine Narbe, seine übliche Gestik und Mimik wurden zu einer besonderen Narbe, einzigartiger Bewegung und individuellem Mienenspiel. Aber sie maß dem keine Bedeutung bei. Weil sie diesen Prozess noch nie in Sprache verwandelt hatte.

~

Es ist eine brütend heiße Juli-Nacht.

Die zu beiden Seiten der Tafel angebrachten Ventilatoren arbeiten auf Hochtouren. Alle Fenster weit offen.

»Die Welt ist schön und vergänglich«, erklärt er. »Platon wollte diese schöne Welt nicht nur temporär, sondern für die Ewigkeit.«

Der dickliche Student im Masterstudiengang, der Streber der Klasse, döst seit zwanzig Minuten. Der mittelalte Mann hinter der Säule, der sich mit einem Taschentuch regelmäßig den Schweiß im Nacken abgewischt hatte, schläft seit wenigen Minuten, Kopf auf dem Tisch. Nur die Frau und der Philosophiestudent sind wach. Immer wenn der Luftstrom des Ventilators von ihm wegschwenkt, wedelt der Student mit einem traditionellen Papierfächer, mit dem er sich Luft verschafft.

»In Wirklichkeit ist ›Der Staat‹ ein Werk voller Tatendrang. Die Gedankengänge werden ständig vorangetrieben und ergreifen den Leser. Wenn es zu einem Scheidepunkt kommt … als stünde man oben auf einer Klippe, fragt Platon den Leser von Sokrates' Standpunkt aus: Können Sie mir folgen? Ganz wie der wagemutige Führer einer Klettergruppe, der sich zu seinem Team umdreht, um zu fragen, ob alles in Ordnung ist. Er weiß, dass die Frage sich genaugenommen an ihn selbst richtet, und wir Leser wissen das auch.«

Gleichgültig blickt er in die leuchtenden Augen der Frau, durch die getönten Gläser seiner Brille zu einem Hellgrün verfälscht. Wegen der mangelnden Aufmerksamkeit seiner Schüler hatte er sich in den letzten zehn

Minuten mehr der Erläuterung des Werks gewidmet als der Erklärung grammatikalischer Finessen. Die Stunde war irgendwann abgedriftet, weg von der griechischen Sprache, hin zur Philosophie.

»Platon war der Meinung, dass wer stärker an die Existenz schöner Dinge glaube als an die Schönheit selbst, in einer Traumwelt lebe, und Platon wollte das allen allein durch Argumente klarmachen. In seinen Augen musste alles erklärbar sein. Er war außerdem der Meinung, aus dem Traum erwacht zu sein. Er glaubte nicht an schöne Dinge, nur an die absolute Schönheit, die in ihrer Vollendung im realen Leben nicht existieren kann.«

~

Als sie nach dem Unterricht mit ihrer Tasche über der Schulter an dem Verwaltungsbüro vorbeiging, sah sie ihn mit der bubiköpfigen Mitarbeiterin sprechen, die ihm aufgekratzt die Vorzüge ihres neuen Handys erläuterte. Mit interessiertem Gesicht beugte er sich so nah zu dem Gerät, dass seine Brillengläser fast den Touchscreen berührten. Durch diese Haltung sah er kleiner aus als sonst. Die Mitarbeiterin schwärmte:

»Das ist die Aufnahme einer Webcam, direkt aus einer Pinguinkolonie in der Antarktis. Das kann man sich anschauen, um bei dieser Hitze etwas Abkühlung zu bekommen. Hmm, dort ist es anscheinend jetzt auch Nacht. Sehen Sie? Sie schlafen alle … Was ist das für eine dunkelviolette Fläche dort? Klar, das ist ja das

Meer! Das Weißliche ist das Eis. Gletscher. Oha, es schneit gerade. Sehen Sie? Die vielen glitzernden Pünktchen … Sehen Sie das?«

~

Als sie das abbruchreife Gebäude verließ, in dem der Kurs stattfand, stieß sie auf den dicklichen Studenten, der telefonierend an einer dunklen Wand lehnte. Er hielt eine Zigarette zwischen den Fingern, die jedoch nicht brannte, und murmelte angespannt in sein Handy. Er bemerkte sie nicht, während er zwischen den Zähnen hervorpresste: »Ich habe es dir doch gesagt. Ich verlange doch gar nicht, dass du mir hilfst, aber steh mir wenigstens nicht im Weg. Ich brauche dieses Geld, um im Ausland studieren zu können. Ich habe mich krummgemacht, um es zusammenzukratzen, weswegen ich trotz meines Alters den Master noch nicht abgeschlossen habe. Mit oder ohne dieses Geld wird Vater bankrottgehen. Er wird scheitern, immer wieder, bis zum bitteren Ende.«

~

Sie geht durch die dunklen Straßen, wie es ihr nach dem Unterricht zur Gewohnheit geworden ist. Die Autos fahren wie immer unvernünftig schnell vorbei. Dazwischen, sich akrobatisch durchschlängelnd, die Motorrad-Lieferboten mit den Metallkisten auf dem Gepäckträger, in denen sich ihre Fracht befindet. Sie scheren sich nicht um Ampeln oder Straßenmarkierungen.

Sie trifft auf Betrunkene, Junge wie Alte, müde Büroangestellte in Anzug oder Hemd und ältere Frauen, die vor fast leeren Restaurants sitzen und die Vorrübergehenden geistesabwesend anstarren.

Dann erreicht sie ein etwas belebteres Viertel, in dem sich eine achtspurige und eine vierspurige Straße kreuzen. Sie sieht Wolkenkratzer mit gigantischen digitalen Anzeigetafeln, die weit oben hängen. Wie immer bleibt sie an einem Fußgängerüberweg stehen und hebt den Blick zu den Bildschirmen. In den mehr als zehnfach vergrößerten Gesichtern bewegen sich lautlos riesige Lippen. Im unteren Teil laufen Buchstaben über den Schirm wie Fische, die ihre Münder öffnen und schließen. Jetzt folgen in überlebensgroßen Bildern die Nachrichten. Tote auf Bahren, eine wütende Menschenmenge, brennende Flugzeuge, weinende Frauen.

Die Fußgängerampel springt auf Grün. Mit festem Schritt überquert sie den Asphalt, der immer noch die Hitze des Tages abstrahlt. Über die Leuchttafeln flimmern weiterhin stille Bilder und Nachrichten. Lautlos fährt ein Wagen durch eine endlose Wüste und das Lächeln einer Schauspielerin mit tiefem Dekolleté schwebt über den dunklen Straßen wie ein Geist.

~

Als sie auf der Höhe des breiten Flusses ankommt, der mitten durch die Stadt geht, glänzt ihr staubbedecktes Gesicht von Schweiß. Sie geht die Uferstraße entlang, auf dem sich endlos hinziehenden Bürgersteig. Die

Lichter, die sich im Wasser spiegeln, flackern wellenartig. Sie hat einen Krampf in den Waden und ihre Füße brennen, wegen der dünnen Sandalensohlen. Der feuchte Wind, vom Fluss herüberwehend, kühlt ihren Körper.

Sie weiß nicht, wie viele phosphoreszierende Partikeln sie seit letztem Frühjahr bei diesen Nachtspaziergängen eingeatmet hat, die nun in ihren Atemwegen leuchten. Sie ahnt nichts von diesen Nanoteilchen, die in ihrem Körper zirkulieren, Zellzwischenräume erhellen und unsichtbar Zellmembrane passieren. Xenon und Cäsium 137. Das radioaktive Jod 131 baut sich auf Grund seiner geringen Halbwertszeit schnell ab. Sie ist sich nicht der wabernden roten Blutplättchen bewusst, die permanent durch ihre Gefäße zirkulieren, nicht ihrer Lungenflügel, Muskeln, Gedärme oder der Wärme ihres Herzens, das kräftig schlägt.

~

Sie geht ihren Weg, der sie durch eine unterirdische Passage führt. Vorbei an Geschäften mit heruntergelassenen Rollläden sowie an Läden, die gerade erst das Licht gelöscht haben und dabei sind zu schließen. Sie macht einen Bogen um Betrunkene, die sich vor einer öffentlichen Toilette grundlos streiten. Die Unterführung, die sie an ein langes Stück Darm erinnert, spuckt sie bei einer dunklen Straße wieder aus. Jetzt quert sie einen gefährlichen Fußgängerüberweg, wo die Verkehrsampel lediglich gelb blinkt. Sie geht weiter über einen unbeleuchteten öffentlichen Parkplatz mit mehreren Dutzend stummen Autos. Da außer ihr niemand unterwegs ist, erscheint der Straßenzug wie eine verlassene Ruine. Wieder eines dieser Stadtviertel, die, einmal aus dem Boden gestampft, unmenschlich wirken. Ihr Weg führt sie durch den Lärm kleiner schäbiger Kneipen. Sie eilt an einer Gruppe Angetrunkener vorüber, die versuchen ein Taxi anzuhalten, indem sie sich mitten auf die Straße stellen. Ihre Augen verraten sie. Sie glänzen, sind reaktionsarm, die Pupillen geweitet.

Als es fast Mitternacht ist, findet sie sich überraschenderweise vor einem Kino wieder, das sie nicht kennt. Der Verkauf für die letzte Vorstellung ist beendet, die Kasse dunkel. Automatisch geht sie zu der durchsichtigen Trennwand aus Acryl. Sie nähert ihre Lippen den regelmäßig angeordneten acht Löchern, bevor sie zurückzuckt, als gäbe es dahinter eine schreckliche, unsichtbare Kraft, die über die Lippen zu den Stimmbändern vordringend ihr die Stimme entreißen will.

~

Die Bushaltestelle vor dem Kino ist unbeleuchtet und schmutzig. Sie bleibt zwischen zerquetschten Bierdosen, leeren Getränkeflaschen, Plastiktüten, Spuckflecken und verstreutem, zertretenem Popcorn stehen. Sie hat keine Lust weiterzugehen. In diesem Moment sieht sie einen Bus kommen, vielleicht den letzten heute. Er würde nicht bis vor ihre Haustür fahren, doch ganz in die Nähe.

Beim Einsteigen in den Bus zuckt sie zusammen, aus der Klimaanlage schlägt ihr eiskalte Luft entgegen. Im Schummerlicht des Innenraums ein Dutzend stummer Fahrgäste. Die Stille ist geprägt von Erschöpfung, Erfolglosigkeit und latenter Feindseligkeit.

Sie geht bis zu einer Sitzreihe, in der beide Plätze leer sind. Der Fernseher, der hinter dem Fahrer angebracht ist, sendet eine Serie, allerdings ebenfalls als Stummfilm. Ein Mann und eine Frau streiten sich, bevor sie sich leidenschaftlich küssen. Die Farben des Bildschirms sind schlecht justiert, er hat einen Blaustich.

~

Sie schaut nicht weiter auf den Fernseher. Von lähmender Müdigkeit übermannt, schließt sie die Augen, doch Schlaf stellt sich nicht ein. Sie blickt durch das Busfenster nach draußen. Wegen der wirklich aggressiven Klimaanlage fröstelt sie an den Armen, im Nacken zieht es. Der Bus fährt durch taghell erleuchtete Straßen. In der Kühlvitrine eines Cafés, von Neonröhren beleuchtet, stehen Muffins in bunten Farben und etliche Kuchenstücke. Große unechte Diamantenkolliers glitzern in der Auslage eines geschlossenen Juweliers. Ein riesiges Plakat ziert die Seite eines Gebäudes. Darauf erstrahlt, mit Fältchen in den Augenwinkeln, das lächelnde Gesicht eines bekannten Schauspielers. Eine Frau in kurzem Kleid und unzeitgemäßen Lederstiefeln hält ein Taxi an. Dazu hebt sie die Hand, mit der sie ihr Handy hält. Auf der Stufe einer Imbissbude, deren Rollos geschlossen sind, liegt auf Zeitungspapier zusammengekauert ein schlafender Mann mit grauen Haaren.

~

Sie erinnert sich an das selbstgebastelte Kaleidoskop aus ihrer Grundschulzeit. Dazu hatte sie sich in einem Spiegelgeschäft drei längliche Stücke passend zuschneiden lassen, sie zu einem Dreikant gebunden und in eine runde Pappröhre geschoben. Sie füllte bunte Konfettischnipsel hinein und verschloss beide Enden mit einer durchsichtigen Kappe. Die fremde Welt, die sich vor ihrem Auge auftat, wenn sie nach kurzem Schütteln hindurch sah, zog sie sofort in ihren Bann.

Seit sie ihr Sprechvermögen verloren hat, passiert es ab und zu, dass diese Welt vor ihrem inneren Auge auftaucht. Wie jetzt, in diesem nächtlichen Moment, in dem sie ihren erschöpften Körper von einem Bus entführen lässt. Über Straßen, die wie ein Wald aus schwarzem Granit aussehen. Aber es passiert auch, wenn sie das enge dunkle Treppenhaus hinaufsteigt, wenn sie den langen Gang zum Klassenzimmer entlanggeht. Wenn sie stumm die Nachmittagssonne betrachtet, die Bäume, die Blätter, die gelben Muster, die das Licht in den Zwischenräumen entstehen lässt. Wenn sie unter Neonbeleuchtung und farbigen Glühbirnen durchgeht, die flackern, als explodierten sie gleich.

Als sie ihr Sprechvermögen verlor, verwandelte sich ihre Umgebung zu Splittern einzelner Bilder. Wie die bunten Papierschnipsel, die von einem Moment zum nächsten das Muster verändern, bunten Blütenblättern gleich, stumm in einem Kaleidoskop eingeschlossen.

~

Ihr Kind war sieben Jahre alt.

Eines Sonntagmorgens, als sie seit langem wieder einmal Zeit für sich hatte, beschäftigte sie sich mit ihrem Sohn und schlug ihm vor, dass sie indianische Namen erfinden könnten. Begeistert wählte er für sich ›strahlender Wald‹ und großzügig ersann er auch ihr einen Namen. In einem Tonfall, der keinen Widerspruch duldete, so als handele es sich um eine Tatsache, verkündete er:

»Traurigkeit des Schnees, der im Überfluss fällt.«

»Ähem?«

»Das ist dein Name, Mama!«

Sie wusste nicht, was sie darauf antworten sollte, und begnügte sich damit, in die hellen Augen des Kindes zu blicken.

~

Die bruchstückhaften Erinnerungen bewegen sich und formen neue Muster. Zusammenhanglos, ohne erkennbares Ziel und ohne Sinn. Sie fallen auseinander und setzen sich neu zusammen. Wie Schmetterlinge, die zur gleichen Zeit aufhören, mit den Flügeln zu schlagen. Wie distanziert wirkende Tänzerinnen mit Masken vor dem Gesicht.

So sieht sie sich wieder in die Randbezirke der Stadt versetzt, in der sie ihre Kindheit verbrachte.

Sie war neun, ein Feiertag im Sommer. Am Nachmittag überquerte sie die Straße nahe ihrem Elternhaus. Sie ließ den weißen Hund vorgehen, den sie seit fast fünf Jahren hatte. Ein Transporter, mit überhöhter Geschwindigkeit unterwegs, überfuhr den Hund, machte sich aber ohne anzuhalten aus dem Staub. Von der Hüfte an war das arme Tier plattgedrückt worden und klebte wie ein Blatt Papier auf dem heißen Asphalt, der erst einige Tage zuvor neu gegossen worden war. Der Hund, von dem nur die Vorderpfoten, der Brustkorb und der Kopf ihre Form behalten hatten, röchelte und hatte Schaum vor dem Mund. Sie ging hin, um ihn in ihre Arme zu schließen. Da biss sie der Hund mit aller Kraft in Schulter und Brust. Sie war unfähig zu schreien. Stattdessen versuchte sie sein Maul abzuwehren, was jedoch damit endete, dass er die Fangzähne in ihren Arm grub. Daraufhin verlor sie das Bewusstsein und bis Erwachsene zu Hilfe eilten, war der Hund bereits tot.

Genauso tauchte vor ihrem inneren Auge plötzlich Wasser auf, glitzernd, so weit man schauen konnte.

Es war ein unendlich scheinender Tag im Frühjahr, sie gerade zwanzig und auf dem Weg zu den Gräbern der Familie, nicht weit vor der Stadt gelegen. Sie begleitete den Sarg ihres Vaters, der während seiner Arbeit als Nachtwächter gestorben war. Die ganze Welt schien sich in ein Aquarium verwandelt zu haben, denn die Reisfelder waren überschwemmt von Wasser, das in einem atemberaubenden Blau glitzerte.

Auch der bizarre Traum, in dem ihre schwärzlich roten Lippen sich aufblähen, ist auf einmal wieder präsent.

In diesem Traum sieht sie aus einem aufgeplatzten Geschwür Blut und Eiter hervorspritzen. Ihre Schneidezähne wackeln, als würden sie bald ausfallen, die Wurzeln gelockert. Als sie ausspuckt, kommt ein Schwall von Blut hervor. Sie sieht eine Hand, von der sie nicht weiß, wem sie gehört. Wer stopft ihr den Mund mit Watte aus, die so hart wie Flusskiesel ist? So fest, als wolle die Person damit gleichzeitig das Blut und den Schrei ersticken.

~

Sie steigt aus dem Bus und setzt ihren Weg zu Fuß fort. An fünf oder sechs U-Bahnstationen vorbeigekommen, ohne auch nur kurz anzuhalten, erreicht sie eine Einbahnstraße, der Belag an vielen Stellen von Rissen durchfurcht.

Nach der Kälte im Bus empfindet sie die tropisch warme Nacht als angenehm.

Im Weitergehen tritt sie gelegentlich Grashalme um, die aus den Ritzen des Asphalts wachsen.

Tautropfen streicheln die Haut zwischen den Riemchen ihrer schwarzen Ledersandalen.

~

Ich verurteile nichts.
Ich gestehe kein Gefühl zu.

Alles besteht aus Bruchstücken,
alles zerbricht in Bruchstücke. Und verschwindet.

Die Wörter entfernen sich vom Körper.
Wie Schichten sich überlagernder drückender Schatten,
wie Gestank und Übelkeit,
wie Fliesen, die zu lange unter Wasser waren und zerbröseln,
wie ein Teil meines Fleisches, das unbemerkt verwest,
lösen sich die verkrusteten Gefühle.

~

Sie hat an diesem Tag viel geschwitzt, doch der Schweißfilm auf ihrer Haut ist immer wieder getrocknet. Im Moment wird ihr Körper von dem Spiegel über dem Waschbecken reflektiert, während sie sich in das warme Badewasser gleiten lässt, die Wanne zur Hälfte gefüllt, und eine komfortable Liegeposition sucht, indem sie ihren staubigen Körper zurechtrückt. Bald döst sie ein, bis sie zitternd die Augen aufschlägt. Das Wasser ist fast kalt.

~

Sie küsst das schlafende Kind vorsichtig auf die geschlossenen Lider, legt sich daneben und schließt die Augen. Ganz fest kneift sie sie zu, aus Angst, Schnee fallen zu sehen, falls sie sie wieder öffnet. Jetzt sieht sie nichts. Sie sieht nicht die sechseckigen glänzenden Kristalle, nicht die großen, Entendaunen gleichenden Flocken. Nicht das dunkelviolette Meer und auch nicht den Gletscher in Form einer weißen Bergkuppe.

Bis die Nacht zu Ende geht, wird sie weder Sprache noch Licht haben. Alles ist bedeckt von Schnee, der im Überfluss fällt. Er legt sich auf ihren steifen Körper wie die Zeit, die zerbröckelt, obwohl sie gefriert. Das neben ihr schlafende Kind ist verschwunden. Reglos liegt sie auf der Kante des kalten Bettes. Gelegentlich wird sie wach und küsst die warme Haut ihres Sohnes, bevor sie wieder in ihrem Traum versinkt.

12

Der füllige Student hebt seine fleischige Hand, um den Griechischlehrer etwas zu fragen. Seine klare ernste Stimme tönt durch das Klassenzimmer. Das graugestreifte T-Shirt, dunkle Schweißflecken unter den Achseln, klebt an seinem Rücken.

»Ich würde gerne wissen, was das Dämonische, τὸ δαιμόνιον – to daimonion – von dem Göttlichen, τὸ θεῖον – to theion – unterscheidet. Sie haben das letzte Mal gesagt, dass θεωρία, theoria, die Bedeutung von ›Sehen‹ als Tätigkeit hat. Ist also τὸ θεῖον mit dem Verb ›sehen‹ verbunden? Falls ja, wäre Gott dann ein Wesen, das sieht, oder wäre er selbst ›das Sehen‹?«

Der pickelige Philosophiestudent, der neben ihr sitzt, meldet sich. Man hört deutlich, dass er aus Daegu kommt. Der Bildschirmschoner seines Handys, das vor ihm liegt, zeigt ein Bild von ihm und einer jungen kurzhaarigen Frau in einem weißen T-Shirt. Zusammen formen sie mit den Armen ein großes Herz.

»Hier liegt der Beweis, dass jedem Objekt etwas innewohnt, das es zerstört. Die angeführten Beispiele sind wie eine Ophthalmie, bei der das eigene Immunsystem die Wahrnehmung trübt und das Auge zerstört, oder wie Rost, der das Eisen angreift und letztendlich zersetzt. Warum sollte sich die menschliche Seele nicht durch dumme und schlechte Eigenschaften selbst zerstören?«

13

Es war kurz vor Tagesanbruch.

Jemand kam in mein Zimmer, berührte mich an der Schulter und hielt mir einen Brief hin. Ich richtete mich auf, rieb mir den Schlaf aus den Augen, nahm den Brief und bedankte mich. Nach dem Öffnen des unversehrten Umschlags entdeckte ich ein zweifach gefaltetes schneeweißes Blatt. Beim Auseinanderfalten verriet mir mein Tastsinn sofort, um was es sich handelte. Es war Braille-Schrift.

Vorsichtig ertastete ich die Erhebungen. Satz für Satz bis zum Ende des Briefes, ohne eine einzige Zeile auszulassen. Ich war allerdings unfähig, etwas zu verstehen. Ich konnte noch nicht einmal sagen, ob es sich um ein koreanisches Braille-System oder um lateinische Buchstaben handelte. Erst da wurde mir bewusst, dass ich die Blindenschrift nie gelernt hatte.

Ich glaube, ich zitterte ein wenig, als ich den Brief auf meine Knie sinken ließ, von dem ich weder den Absender noch den Inhalt kannte. Was sollte ich dem Überbringer sagen? Sein Aussehen war mir entfallen, obwohl er doch noch neben meinem Bett stehen musste.

Überzeugt davon, wach gewesen zu sein, als ich vergeblich versucht hatte, den Brief in Braille zu entziffern, hob ich den Kopf. Doch offensichtlich gehörte das alles zu einem Traum, denn niemand befand sich im Raum. Alle Dinge, die mich umgaben und in mein Gesichtsfeld gerieten, hatten festumrissene Konturen und klare Farben. Ganz so, als sei ich in meine Kindheit zurückgekehrt. Die Fenster standen offen. Dunkelblaue Vorhänge bewegten sich leicht im Wind. Im Zimmer flirrte glitzernd die Luft, als bestünde sie aus Millionen von Glaspartikeln. Ich sah unzählige Wassertropfen, die sich auf der hellblauen Wand gebildet hatten. Während ich noch diese glänzenden Tropfen bewunderte, die durch das Mauerwerk von draußen hereindiffundiert sein mussten und jeden Augenblick herunterlaufen konnten, kam mir ein Verdacht. Regnete es? Aber woher dann das gleißende Licht?

Ich empfinde keinen Schmerz und in diesem Augenblick wird mir klar, dass ich mit offenen Augen eingeschlafen sein musste. Da ist kein Verlustgefühl, keine Niedergeschlagenheit. Augenblicklich beginne ich, mich diesem Traumzustand zu entziehen, während der Schlaf langsam aus meinem Körper weicht. Schließlich blinzle ich ein paar Mal kräftig und starre zur Decke. Die Dinge beginnen zu verblassen. Jedoch muss ich in aller Klarheit erkennen, dass ich der Welt jenseits der Träume nicht auf Dauer entfliehen kann.

14

Gesichter

Es will mir einfach nicht in den Kopf, dass du tot bist. Mit siebenunddreißig Jahren. Joachim Grundel. Eine Vorstellung, so fremd wie der Traum, in dem ich den in Braille geschriebenen Brief bis zur letzten Zeile nicht entziffern konnte, mich aber dennoch verpflichtet fühlte, zu tun, als ob.

»Ich weiß, dass du nicht kommen kannst, dazu ist es zu weit«, sagte mir deine Mutter. Sie fügte hinzu, dass das Begräbnis schon in sechs Stunden stattfinden würde. Sie hatte es aufgeschoben, mich zu informieren, weil sie dachte, ich würde mich schuldig fühlen. Ich sagte ihr so ruhig wie möglich, dass es mir leidtäte, nicht dabei sein zu können. Sie erwiderte, das sei nicht schlimm. Dann fragte sie mich, ob es mir gut gehe. Ich bejahte und versprach ihr, sie zu besuchen, falls ich nach Deutschland käme. Deine Mutter hat darauf nicht gleich geantwortet. Nach einer kleinen Pause hörte ich ihre belegte Stimme:

»Natürlich, du bist immer willkommen.«

Seit diesem Anruf am Samstagmorgen lag ich auf dem Bett, die Augen zur Decke gerichtet. Wenn ich, getrieben von einem Hungergefühl, zum Kühlschrank ging und die Tür öffnete, entdeckte ich überrascht, dass ich alles darin klar erkennen konnte. Wahrscheinlich wegen der hervorragenden Beleuchtung. Dieser kalte und helle Raum war mir ein gefrorenes Paradies, und ich trödelte vor der offenen Tür herum. Endlich nahm ich etwas zum Essen heraus und verzehrte es auf die Schnelle am Tisch. Sobald mein Hunger gestillt war, kroch ich wieder ins Bett, wie ein Kranker, der Ruhe braucht.

~

Dein Zimmerfenster war ungewöhnlich groß und der Raum dadurch lichtdurchflutet.

An sonnigen Nachmittagen wurden die mehrere Dutzend Miniatur-Flugzeugmodelle, die auf einem Regal direkt unter diesem Fenster standen, ganz besonders angeleuchtet. Während du mit mir sprachst, mit übereinandergeschlagenen Beinen auf dem Bett sitzend, auf einem blau-grün gemusterten Überzug, hatte ich dir den Rücken zugewandt und bewunderte, wie detailgetreu diese Modelle waren. Als ich mich zu dir drehte, um dich anzusehen, zogst du die Nase kraus, was dir einen neckischen Ausdruck verlieh, und schobst nur mit dieser Bewegung deine Hornbrille nach oben.

Als leidenschaftlicher Leser bist du ohne Punkt und Komma mit der Geschwindigkeit einer Achterbahn durch eine Vielzahl an Themen, Anspielungen, Zitaten und Argumenten gehechelt. Zuweilen nahm ich, wenn deine Ausführungen länger dauerten, in der Zwischenzeit schon einen Bissen von dem leckeren Kuchen, den deine Mutter für uns gebacken hatte. Mein Blick schweifte dabei abwesend über Reproduktionen alter Karten und Fotos von Planeten auf der hellblau verputzten Wand neben deinem Schreibtisch. Dazu noch schwarz-weiße Detailzeichnungen von einem Gürteltier, einem Mammut und einem Neandertaler im Profil.

Hin und wieder hast du schonungslos über den Zustand meiner Augen und die Probleme gesprochen, die daraus resultieren würden. Ohne Rücksicht darauf zu nehmen, dass mir das ziemlich wehtat. Dein fröhlicher Rat: »An deiner Stelle würde ich schon jetzt die Braille-Schrift lernen. Ich würde auch üben, mich mit so einem weißen Blindenstock vorwärts zu bewegen, und ich würde mir einen ausgebildeten Assistenzhund zulegen, einen Retriever vielleicht. Den hätte ich, bis er stirbt.«

Du glaubtest, du hättest ein Recht, so mit mir zu reden. Du warst der Meinung, genügend Lebenserfahrung zu besitzen, um dich ungezwungen über alle Missstände dieser Welt auslassen zu dürfen. Seit deiner Geburt hattest du unzählige Operationen über dich ergehen lassen müssen, schwere und weniger schwere. Mit vierzehn sagten dir die Ärzte, du hättest noch sechs Monate zu leben. Als du es an die Universität geschafft hattest, beim Lernen völlig auf dich allein gestellt, glühten die Ärzte und Krankenschwestern vor Bewunderung. Deiner Aussage zufolge war ich der erste Freund, den du hattest, nachdem du aus dem Krankenhaus entlassen worden warst.

Ich erinnere mich genau an unsere erste Begegnung. Ich war überrascht, wie dünn du warst und wie viele Falten du auf der Stirn hattest. Obwohl nur sieben Monate älter als ich, sahst du aus wie ein älterer Mann.

Stirnrunzelnd, soweit bei den sowieso schon vorhandenen Falten noch möglich, erklärtest du: »Ich verrate dir was ... falls ich eines Tages ein Buch schreibe, würde ich gerne, dass es in Braille-Schrift gedruckt wird. Ich stelle mir vor, wie es jemand liest, Zeile um Zeile mit den Fingerkuppen erstastend. Das wäre ... wie soll ich das nur ausdrücken? Das wäre so, als hätte ich direkten Kontakt zu der Person. Glaubst du nicht?«

Um zu unterstreichen, dass es sich nicht um einen Scherz handelte, sahst du mich ernst an. Ich kann mich noch genau an deinen Gesichtsausdruck erinnern, der einem feinfühligen Beobachter verriet, wie selbstbewusst du warst. Und an deine hellblauen Augen, deren Iris durch das Sonnenlicht fast durchsichtig wirkte. Ich hatte das Gefühl, du hättest gerne mein Gesicht mit den Händen erkundet, und umgekehrt wolltest du, dass ich deines berühre. Aber diesen Gedanken schob ich schnell beiseite.

~

Ich denke manchmal an den Sonntag, an dem wir das erste und einzige Mal auf den Berg gestiegen sind, unweit von unserem Zuhause. In Bermudashorts kletterten wir über die weißen Felsen, die wie entblößte Gelenke aussahen. Uns auf allen vieren fortbewegend, achteten wir darauf, dass unsere Waden nicht die stacheligen Ranken der Büsche streiften. Ab und zu machten wir Pause, um uns den Schweiß abzuwischen, Wasser zu trinken, das wir über Nacht in der Tiefkühltruhe aufbewahrt hatten, von dem Schwarzbrot zu probieren und uns mit verlegenem Lächeln Witze zu erzählen, an die ich mich jedoch nicht erinnern kann. Obwohl wir den Gipfel noch nicht erreicht hatten, drehten wir schließlich um, weil die Sonne am Untergehen war.

»Da, wo ich meine Kindheit verbracht habe, gibt es einen ähnlich felsigen Berg«, vertraute ich dir an. Ich fügte hinzu, dass ich mit dem wunderbaren Blick auf zwei weiße Bergspitzen aufgewachsen war, die sich Insubong und Baegundae nannten. Wenn ich an meine Heimat denke, dann kommt mir als Erstes das Bild dieser Gipfel in den Sinn, wie ein Paar vertrauter Gesichter. Nicht die überfüllte Stadt mit ihren zehn Millionen Einwohnern.

Wenn ich mich so gut an dieses Geständnis erinnere, dann deswegen, weil du, statt wie üblich mit Begeisterung und neckischen Bemerkungen darauf zu reagieren, einfach in Ohnmacht gefallen bist. Ein paar Meter den Berg hinunter rollend, hat dich ein länglicher Felsbrocken gebremst, was eine Verletzung im unteren Rücken bewirkte.

Ich konnte es kaum fassen. Du hattest doch gesagt, du seist vollkommen genesen. Ostentativ hattest du geraucht und immerzu Bier getrunken, dazu die verbalen Versicherungen, dass die zwanzig Jahre, in denen du gegen die Krankheit gekämpft hattest, für immer hinter dir liegen. Ich war gar nicht auf die Idee gekommen, das anzuzweifeln.

Ich erinnere mich gut an dein maskenhaftes, totengleiches Gesicht und an meine Hände, zitternd wie Espenlaub, da ich mich fragte, ob ich zum ersten Mal hautnah erleben würde, wie ein Mensch stirbt. Ich erinnere mich an deine geschlossenen Lider, die nicht einmal zuckten. Ich schleppte dich auf dem Rücken den steilen Abhang hinunter, wobei ich aus allen Poren schwitzte. Ätzende Schweißperlen brannten in meinen Augen, rannen in Strömen übers Gesicht.

~

Zehn Tage später hast du leicht aufgerichtet in deinem Krankenhausbett aus Eisen gesessen und mich gefragt:

»Erinnerst du dich, dass du mal wissen wolltest, warum ich Philosophie studiere? Interessiert es dich immer noch?«

Obwohl deine Brille auf dem Tischchen neben dem Bett lag, zogst du die Nase kraus, als wolltest du sie zurechtrücken.

Für die alten Griechen war die größte Tugend nicht Güte oder Vornehmheit, sondern, der Beste seines Fachs zu sein. Denk nach. Wer kann sich am besten Gedanken über das Leben machen? Jemand, den jederzeit und überall der Tod ereilen kann ... Jemand, der gar nicht anders kann als ununterbrochen und verzweifelt über das Leben nachzudenken ... Wer anderes als ich hat also die beste Arete, *was das Philosophieren betrifft?*

~

Einige Jahre später habe ich dich zurückgelassen und bin allein in die Schweiz gefahren.

Dort ging ich in Luzern einmal an Bord eines Schiffes, verbrachte den ganzen Tag am Fuße der schneebedeckten Alpen. Mein ursprünglicher Plan: bis zur Endstation fahren, wo der See am tiefsten war. Doch dann stieg ich kurz entschlossen in einem Ort namens Brunnen aus. Ausschlaggebend dafür waren zwei felsige Gipfel, die den Hafen säumten. Der linke erinnerte mich an den Baegundae, der rechte an den Insubong.

Die beiden koreanischen Felsengipfel bilden die gleiche Konstellation, wenn man von meinem früheren Wohnviertel Suyuri in das Bukhansan-Gebirge blickt. Der Baegundae ist eigentlich etwas höher als der Insubong, doch da dieser näher an der Stadt steht, erschien er mir immer als der Höhere. Die Berge bei Brunnen ähnelten den beiden Gipfeln sowohl hinsichtlich der Anordnung als auch des Höhenunterschieds, der Form der Felsen und wie dicht sie bewachsen waren. Diese vertraute Landschaft, völlig unerwartet aufgetaucht, versetzte mir einen Schock.

Als ich auf den Landungssteg trat, sah ich einen

jungen Mann, der auf einem Klappstuhl aus Aluminium vor einem Café saß und zu Mittag aß. Er hatte ein ovales Gesicht und blonde Haare, trug eine bauchige Latzhose aus Jeansstoff. Obwohl er dir gar nicht ähnlich sah, musste ich sofort an dich denken.

Er lächelte mich an. Ich fragte: »Was ist das? Schmeckt es gut?« »Hmm, das ist eine Schweizer Käsewähe, heute ist Freitag«, antwortete er, den Daumen nach oben streckend. Ich holte mir ein Stück dieses Käsefladens und ließ mich am Nebentisch nieder.

»Was hat die Käsewähe mit Freitag zu tun?«, fragte ich.

»Am Freitag essen wir das anstelle von Fleisch. Es ist der Tag, an dem Jesus gestorben ist. Ich persönlich bin ja nicht sonderlich religiös, aber …«

Danach wurde das Gespräch eher banal. Die üblichen Fragen. Wo kommst du her? Was machst du beruflich? Wie ist die Stadt hier? Wohin willst du noch fahren? Und so weiter und so fort. Ich erfuhr, dass er Emmanuel hieß, Elektriker war und seinen Beruf öde fand. Irgendwann einmal wollte er nach Deutschland und Österreich reisen. Seine Eltern hatten sich scheiden lassen, als er drei war, und er lebte danach zehn Jahre bei seiner Mutter, bis er vor wiederum zehn Jahren zu seinem Vater zog. Ich erzählte ihm, dass ich seit zwei Jahren etwas ›Verkopftes‹ in Konstanz studierte. Dort, nahe der Grenze zur Schweiz, wo der Bodensee sicherlich ebenso schön ist wie der Vierwaldstättersee, lässt der Winternebel die Straßen allerdings etwas trist aussehen, und wenn er sich nicht lichtet, muss man sich wegen der eingeschränkten Sicht immer an Häuserwänden entlangtasten. Der junge Mann schien etwas enttäuscht, dass ich nie in Berlin gewesen war.

Ich verspürte keine Lust, mir Brunnen anzusehen, eine kleine gewöhnliche Stadt. Es genügte mir, mich gemütlich und planlos mit Emmanuel zu unterhalten, den See zu bewundern und Schweizer Käsewähe zu essen, die nebenbei bemerkt nicht süß war. Die Sonne stach vom Himmel, doch am Seeufer war der Wind frisch.

Eine halbe Stunde später legte das Fährschiff nach Luzern an und ich verabschiedete mich mit Handschlag von Emmanuel. Wir hatten keine E-Mail-Adressen ausgetauscht, nur unsere Namen. Als die Fähre sich vom Anlegesteg entfernte, winkte ich ihm und er winkte zurück. Der Stuhl, auf dem ich gesessen hatte, der Teller, auf dem ein Viertel der Käsewähe übriggeblieben war, entfernten sich immer weiter, bis sie ganz außer Sicht kamen. Auch der Umriss von Emmanuel, dir überhaupt nicht ähnlich, verschwamm zusehends, bis ich ihn nicht mehr erkennen konnte. Die zwei Felsgipfel, die mich an Baegundae und Insubong erinnerten, wurden ebenfalls kleiner und verschwanden aus meinem Blickfeld, sobald das Schiff gedreht hatte.

Warum fühlte es sich in diesem Moment so an, als greife eine kalte Hand nach meinem Herz? Warum habe ich dieses Ereignis in Erinnerung behalten, bei dem ich einen langsamen Abschied zu erleben glaubte und sich die Stille dennoch mit unzähligen Worten zu füllen schien? Als ob diese Erfahrung mir eine Antwort verschafft hätte. Als ob ich mit aller Kraft alles tun müsste, um sie zu verstehen, auch wenn das Verstehen ein schmerzhafter Trost wäre.

~

Etwas erstrahlt.
Etwas glänzt im Zwielicht.
Dann ein Schatten.

Schon seit drei Tagen starre ich die Decke an. Ohne meine Brille aufzusetzen, nehme die Nuancen der wechselnden Lichtverhältnisse wahr und finde es schwierig, sie in eine der drei Kategorien einzuordnen.

Ich verstehe nichts.

Du bist tot und ich habe das Gefühl, dass mir alles entgleitet.

Obwohl du doch nicht mehr am Leben bist.

Ich habe das Gefühl, mein Gedächtnis blutet, bekommt rasend schnell Flecken, rostet, bricht auseinander.

~

»Du bist zu literarisch, um dich mit Philosophie zu beschäftigen«, hast du mir in regelmäßigen Abständen an den Kopf geworfen. »Was du durch das Nachdenken erreichen willst, ist literarische Ekstase.«

Ich erinnere mich, dass wir solche Streitgespräche bis spät in die Nacht führten. An die verdiente Ruhe, die uns umfing, sobald ich, nachdem alles gesagt war, meine Aufmerksamkeit einer leeren Wand oder den dunklen Vorhängen zuwandte. Damals warst du für mich ein unschlagbarer Gegner. Alle meine Fragen hast du mit Leichtigkeit beantwortet oder Gegenfragen gestellt, die mich total aus dem Konzept brachten. »Das ist falsch«, lautete deine Feststellung. »Es tut mir leid, aber was du gerade gesagt hast, ist falsch.« Dann, wie um jede längere Diskussion im Keim zu ersticken: »Ich denke, du solltest lieber Literatur studieren.« Du warst ein schwieriger Freund, ein gleichaltriger Meister seines Fachs, wirklich herausfordernd.

Ich spürte, dass dieser Meister Recht hatte, doch konnte ich mich nicht durchringen, seine Meinung anzunehmen. Meine literarische Lektüre empfand ich eher als Qual. Ich traute dieser Welt nicht, in der Bedeutungen und Bilder, Gefühle und Gedanken ständig miteinander kämpften.

Trotzdem gab es durchaus Dinge, die mich faszinierten. Zum Beispiel bewegte es mich tief, wenn Professor Borchardt in seiner Vorlesung über Aristoteles die Begriffe Akt und Potenz aus den Schriften der Metaphysik erklärte, und zwar nur wegen der Schönheit sich überlagernder Metaphern: »Bald werden meine Haare weiß sein. Aber das ist heute noch nicht Realität. Im Moment schneit es nicht, aber im Winter wird es mindestens einmal schneien.« Ich werde nie das Bild vergessen, das ich in diesem Augenblick vor Augen hatte. Nämlich dass die Haare meiner Kommilitonen und Professor Borchardts auf einmal weiß wurden wie Raureif, während Schneeflocken umherstoben.

Gleiches passierte, als ich die letzten Werke Platons las. Ich war fasziniert von der Frage, ob *Ideas* nun Schmutz, Haare, Hitzeflimmern, Wasserspiegelung oder ständig wechselnde Gebärden waren. Das hatte für mich etwas sehr Gefühlvolles, es versetzte mein Innerstes in Schwingung, ich spürte die Schönheit.

~

Ich erinnere mich an dieses Thema, das mich damals beschäftigte. Lange, unergiebige und trübsinnige Diskussionen, die ich mit dir bis zum Morgengrauen führte, über die *Idea* der Dunkelheit, die *Idea* des Todes, die *Idea* des Verschwindens.

Du hast mir versichert, dass jede *Idea* per se schön, gut und erhaben sei. Ruhig und bedacht, als müsstest du einen jüngeren Schüler überzeugen. »Glaubst du nicht, dass es gar nicht anders sein kann? Jede *Idea* muss zwangsläufig mit der *Idea* des Guten verbunden sein. Ganz so wie Plätze in Seoul, Venedig, Frankfurt und Mainz zur gleichen Zeit existieren.«

Den Kopf schüttelnd fragte ich: »Angenommen, es gibt die *Idea* des Verschwindens … Handelt es sich dann um ein reines, gutes und erhabenes Verschwinden? Ist nicht die *Idea* von vergangenem Schneeregen der Schneeregen selbst, der auf reine, schöne und perfekte Weise zerflossen ist, ohne eine Spur zu hinterlassen?«

Jetzt hast du den Kopf geschüttelt. »Schau her. Der Tod und das Verschwinden sind wesentlich anders als die *Idea*. Schnee, der schmilzt und zu Matsch wird, kann keine *Idea* haben.«

Als ich das hörte, verlor das vergängliche Universum seinen Zauber. Dafür entfaltete sich vor meinen Augen, wie eine düstere Halluzination, eine Welt aus herumwirbelnden Schneeflocken, die nie zu Boden fielen und daher nicht schmelzen konnten.

»Schau«, hast du gesagt, als wolltest du mich trösten. »In der Dunkelheit gibt es keine *Idea*. Da ist nur die Dunkelheit selbst, sonst nichts. Einfacher ausgedrückt, wo nichts ist, kann auch keine *Idea* sein, nur absolute Dunkelheit. Nur mit Licht, sei es noch so schwach, kann es eine *Idea* geben. Verstehst du das nicht? Es braucht auf jeden Fall einen noch so winzigen Lichtstrahl, selbst wenn es um das unbedeutendste Schöne oder das unscheinbarste Erhabene geht. Die *Idea* des Todes und des Verschwindens? Du sprichst von einem eckigen Kreis!«

~

Bei Morgengrauen hast du mich plötzlich gefragt. Wie üblich aus heiterem Himmel und ohne Rücksicht darauf, dass mich das verletzen könnte. Du wolltest wissen, inwieweit der drohende Verlust des Augenlichtes meine Gedanken und Gefühle im Alltag beeinflusste.

Sprachlos blickte ich dich an. Du hattest Schatten unter den Augen. Deine Wangen eingefallen. Die Lippen ohne Glanz.

Wie hätte ich auf diese grausame Frage antworten können? Damals hasste ich das Thema wie die Pest.

Bis zu diesem Tag hatte ich noch nie so über mich nachgedacht. Als Teenager war ich nach Deutschland gekommen, zu alt, um noch perfekt Deutsch zu lernen. Sosehr ich mich anstrengte, nur in Mathematik und Altgriechisch konnte ich besser als meine Klassenkameraden sein. Dass ein asiatischstämmiges Kind gut in Mathematik war, galt nicht als außergewöhnlich, doch beim Griechisch war das anders. Selbst gute Lateinschüler kapitulierten angesichts der griechischen Grammatik. Aber gerade dieses komplexe grammatikalische System kam mir wie ein ruhiger sicherer Hafen vor. Zumal es sich um eine tote Sprache handelte, die schon seit über tausend Jahren nicht mehr gesprochen wurde. Da ich nun einmal in diesem Stück mitspielen musste, machte ich mir einen Namen als wunderlicher asiatischer Schüler, mit einer Begabung für Griechisch. Damals fing ich an, die Werke Platons zu mögen, ich verliebte mich richtiggehend in sie.

Aber stimmt das überhaupt? Hat mich Platons Universum aus den Gründen fasziniert, die du angeführt hast – und so, wie ich schon zuvor vom Buddhismus angezogen wurde, weil er sich mit einem einzigen Schnitt vom spürbaren Dasein loslöst? Weil es mir bestimmt war, den sichtbaren Teil der Welt zu verlieren?

Warum konnte ich dir an dem Morgen nicht diese Fragen stellen? Warum konnte ich nicht den Spieß umdrehen, allen Mut zusammennehmen für die Gegenfrage, auch wenn dich das verletzen würde? Warum nicht dich fragen, welchen Einfluss deine persönliche Situation auf Gedanken und Verhalten hatte?

~

Während unserer langen Stunden miteinander brannte ich darauf, dich mit anderen Dingen zu konfrontieren, nicht nur mit Zitaten, Anspielungen oder Argumenten.

Damit beispielsweise, dass wir keinen Preis verliehen bekämen, wenn wir dieser Welt das Zerbrechlichste, Zarteste und Einsamste zurückgäben, was wir haben, nämlich unser Leben.

Damit, dass alles, was ich bis dahin erlebt hatte, mir nicht als schöne Erinnerung bliebe, wenn der Augenblick gekommen sein würde.

Damit, dass ich in diesem furchtbaren Zusammenhang glaubte, Platon zu verstehen.

Damit, dass auch er ganz genau wüsste, das Schöne existiert nicht.

Damit, dass nie etwas perfekt sein konnte. Zumindest nicht auf dieser Welt.

~

Es gibt Augenblicke, in denen die Traumbilder aus dieser Zeit in aller Klarheit zurückkommen.

Schneeflocken, die sofort schmelzen, wenn sie den Boden berühren, weil die Erde im Spätherbst noch nicht gefroren ist. Das Vibrieren der Luft im beginnenden Frühjahr, das schwindelerregend zunimmt.

Stumme und vage Zeichen,
Fragmente eines *Gottes*, an den ich nie geglaubt habe.

Die *Idea*, die weder geboren wurde, noch verschwunden ist.

Das *Avatamsaka*, das ich mit der gesamten Kraft eines Sechzehnjährigen zurückhielt, obwohl es wie ein klar umrissener Schatten über dem Wasser hinter allen Lebewesen schwebt und das Universum umfasst, bestehend aus allen wiedergeborenen Seelen in der Form tausender leuchtender Blumen.

Auf dem Bett ausgestreckt denke ich an dieses Universum, ohne Brille verschwommen ins Leere starrend, die Augen weit aufgerissen.

~

Das alles hat dich damals freilich nicht begeistert.

Eher die greifbare Existenz und die Zeit.

Das Universum, das aus dem Nichts durch einen Urknall entstanden ist.

Der Keim der Zeit, in der Ewigkeit herumirrend, bevor er wachsen konnte.

Ja, die Zeit.

Borges nannte sie das Feuer, das ihn verzehrt.

Du wolltest mit bloßen Händen dieses Rätsel ergründen, den Pfeil, der ewig fliegt, ist er erst einmal abgeschossen. Dein Leben, das zu verschwinden drohte, von innen heraus verbrennend.

Du hast die Schule nicht mehr ertragen und bist schließlich abgegangen.

Dein an mich und deine erschöpfte Mutter gerichteter Schwur: nie wieder ein Klassenzimmer zu betreten.

Ich erinnere mich noch an deine Freunde, mit ihren Nasen-, Lippen- und Zungenpiercings.

An einen, der besonders traurige Augen hatte.

An ihre Musik, die umso herzzerreißender klang, je mehr man den Ton aufdrehte.

Du versichertest mir,

dass niemand dich verstehen könne, außer wenn er mit dem Geruch von Benzol im Krankenhaus aufgewachsen ist,

dass Schönheit zwangsläufig etwas Mächtiges sein muss, eine lebendige Kraft,

dass man das Leben nicht erträgt,

dass es eine Sünde ist, von einer anderen Welt zu träumen.

Für dich war Schönheit eine Straße voll Menschen.

Eine in Sonne getauchte Trambahnstation.

Ein stark schlagendes Herz.

Sich aufblähende Lungen.

Heiße Lippen.

Lippen, die sich an anderen festsaugen.

~

Hast du tatsächlich dein Feuer verloren?

Bist du wirklich tot?

Dein Gesicht, in Gedanken versunken.

Die mit kleinen Fältchen geschmückten Mundwinkel.

Deine lächelnden Augen.

Deine Angewohnheit, die Schultern hochzuziehen, jedes Mal, wenn du keine Lust hattest, einen offensichtlichen Beweis anzuerkennen.

An dem Tag, als du mich in deine Arme nahmst, habe ich wohl, bebend vor Klarheit, das Zarte, Glühende und Unverstellte dieser Geste verstanden.

Dass der menschliche Körper eine traurige Angelegenheit ist, hohl, weich und verletztlich. Die Arme. Die Achselhöhlen. Die Brust. Die Leiste. Dieser Körper, zum Umarmen geboren und dazu, Lust darauf zu machen.

Zumindest einmal hätte ich deine Umarmung herzlich erwidern sollen, bevor es vorbei war.

Das hätte mir nicht wehgetan.

Ich wäre daran nicht zerbrochen, es hätte mich nicht umgebracht.

~

Bald werde ich mein Gesicht nicht mehr von der Umgebung unterscheiden können, wenn ich in den Spiegel sehe.

Die Gesichter, an die ich mich erinnere, werden nur noch in meinem Kopf sein.

Du hättest mir geradeheraus einen Rat gegeben. Hättest die Schultern hochgezogen und die Nase übertrieben kraus gezogen.

Was ist daran so schlimm? Lerne die Brailleschrift. Schreibe Gedichte, indem du kleine Löcher in ein weißes Papier stanzt. Befreunde dich mit einem tollen Retriever.

Wenn du nicht tot wärst, müsste ich dann, sollte ich nach Deutschland kommen, dein Gesicht abtasten? Würde ich mit den Händen deine Stirn, deine Lider, deine Nase, deine Falten auf den Wangen und dein Kinn erforschen?

Nein, das könnte ich nicht.

Denn mit der Zeit würdest du mich mehr und mehr begehren.

Du hast mit dir gekämpft, weil dieses Verlangen unerträglich wurde.

Mit deinen Händen hast du zerstört, was zwischen uns war.

Ich war Hals über Kopf geflohen und habe dich tief verletzt zurückgelassen.

Ich war verärgert über dich.

Ich konnte nicht schlafen, so große Lust hatte ich,

dich wiederzusehen, dich und auch wieder nicht dich.

Du, der du nicht du warst.

Du, der du nicht du warst, hast mir gefehlt, bis zum Wahnsinnigwerden.

~

Dieser einsame Körper, ist er jetzt tot?

Hat er sich hin und wieder an mich erinnert?

Meiner jedenfalls erinnert sich im Moment an deinen.

An diese kurze, so schmerzhafte Umarmung.

An deine zitternden Hände, dein heißes Gesicht.

Die Tränen in deinen Augen.

15

Sie beugt sich vor.
Umklammert den Bleistift fester.
Senkt den Kopf.
Worte zerrinnen zwischen ihren Fingern.
Worte, die ihren Ursprung verloren haben,
ihre Lippen, ihre Zähne und ihre Zunge,
ihre Stimmbänder und ihren Atem,
Worte, die sie nicht mehr bilden kann.
Wie ungreifbare Geister ohne Körper.

16

ἐπὶ χιόνι ἀνὴρ κατήριπε.
χιὼν ἐπὶ τῇ δειρῇ.
ῥύπος ἐπὶ τῷ βλέφαρῳ.
οὐ ἔστι ὁρᾶν.

αὐτῷ ἀνὴρ ἐπέστη.
Οὐ ἔστι ἀκούειν.

Ein Mann liegt im Schnee.
Schnee auf seinem Hals.
Erde auf seinen Lidern.
Er kann nichts sehen.

Vor ihm bleibt ein Mann stehen.
Er kann nichts hören.

17

Dunkelheit

Ein kleiner Vogel hat sich in das Gebäude verirrt. Eine Meise, nicht größer als eine Kinderfaust. Unfähig, den Weg zurück nach draußen zu finden, piept sie aufgeregt, flattert umher und stößt immer wieder mit dem Kopf gegen die Betonwand und das Geländer der Treppe, die in den ersten Stock führt.

Die Frau ist am Eingang stehen geblieben. Sie beobachtet, wie sich der Vogel mehrfach den Kopf stößt, sie dreht sich um, öffnet den noch geschlossenen zweiten Flügel der Glasfenster-Tür sperrangelweit. Tief in ihr drinnen, weit entfernt von Zunge und Kehlkopf, sagt sie:

Du musst nach draußen.

Um den Vogel hinauszuscheuchen, haut sie ihre Tasche gegen die Wand. Doch das Tier empfindet das offensichtlich als Bedrohung und flüchtet sich in die Dunkelheit unter der Kellertreppe, wo er sich nicht mehr rührt.

Du darfst nicht hierbleiben.

Du musst nach draußen.

Sie weicht zwei Schritte zurück und hört den Vogel

schwach piepsen. Vielleicht ist er jetzt weniger alarmiert. Sie nähert sich und das Piepen hört auf. Unsicher betrachtet sie die offene Tür. Die Bäume mit dem hellen Sommerlaub verschwimmen im Abendlicht. Ein Taxi, die Nebelscheinwerfer eingeschaltet, hält vor der Tür.

Der Mann, der aus dem Taxi steigt, trägt ein weißes Hemd ohne Muster und eine dunkelgraue Baumwollhose. Um nicht über die Bordsteinkante zu stolpern, schaltet er eine Taschenlampe ein. Im Gebäude löscht er das Licht wieder, schiebt den Riemen seiner Umhängetasche zurecht und kommt auf sie zu. Nach kurzem Zögern:

»Was ist denn da los?«

Er beugt sich vor und blickt wie sie zu dem unsichtbaren Tier im Schatten der Kellertreppe. Es raschelt kurz im Dunkeln. Er schaltet wieder seine Taschenlampe an. Ist das eine Maus? Ein Kätzchen? Er kann es nicht genau erkennen.

Die Frau scheint angespannt zu sein, denn er hört sie laut atmen. Ihm fällt auf, dass dies das erste Geräusch ist, das er von ihr wahrnimmt. Sie trägt die Haare zu einem Pferdeschwanz zusammengebunden, doch ein paar Strähnen klemmen hinter ihren Ohren und bewegen sich im Rhythmus des Atems. Der Mann hat plötzlich das Bedürfnis, sie genauer zu betrachten. Nur ist die Beleuchtung schlecht und er müsste seine Taschenlampe zu Hilfe nehmen, um ihren Gesichtsausdruck sehen zu können.

Soll ich es vielleicht mit Gebärdensprache versuchen? Noch während er darüber nachdenkt, entfernt sich das Atemgeräusch der Frau. Die schwarze Bluse mit den kurzen Ärmeln, die schwarze Hose, das verschwommene Gesicht, der Nacken und die nackten Arme entschwinden. Das Klappern ihrer absatzlosen Schuhe hallt auf den Stufen der Steintreppe wider, wie Schlusspunkte am Satzende. Der Mann steht da und lauscht diesem Geräusch, das anhält, bis die Frau im zweiten Stock ist. Er fragt sich, welche Gefühlsregungen es bei ihm auslöst und wann er zuletzt ein vergleichbares Durcheinander an Empfindungen verspürt hat.

Als er gerade selbst hinaufgehen will, hört er ein *fi fi* und hält inne. Sich vornüberbeugend wird er des kleinen schwarzen Etwas gewahr, das dabei ist, die Treppe hochzuhüpfen, obwohl es sich kurz zuvor tot gestellt hatte. Geblendet von seiner Taschenlampe fällt es wieder in Schockstarre. Er errät nun, dass es sich um einen Vogel handelt.

»Komm doch raus, du darfst da nicht bleiben!«

Seine Stimme hallt in dem schwarzen Loch. Er schaut zur Seite und betrachtet die Bäume jenseits der Eingangstür. Das Abendlicht hat rasch abgenommen und ihre Umrisse sind fast schwarz.

Nach kurzem Zögern holt er ein dickes Taschenbuch hervor. Er hält es leicht gebogen in einer Hand, mit der anderen leuchtet er vor sich und steigt die Kellertreppe hinunter. Er hat nicht vor, mehr als drei Stufen zu gehen. Das Vögelchen verhält sich ruhig, doch als er sich vorbeugt, um mit dem Buch auf den Handlauf zu klopfen, fliegt es hoch, aufgeregt piepsend. Er stolpert bei dem Versuch, dem direkt auf sein Gesicht zusteuernden Piepmatz auszuweichen. Die Taschenlampe entgleitet ihm. Das Vögelchen prallt heftig gegen Mauer und Geländer, bevor es noch einmal auf ihn zufliegt. Seine Brille fällt runter. Er dreht sich weg, schützend die Arme über dem Kopf, das Flattern der Flügel dicht neben seinem Ohr. Dabei verliert er das Gleichgewicht. Zwei, drei Strauchler, das Brillengestell zerbricht. Sein Fuß hat es die Treppe hinuntergekickt. Das Vögelchen fliegt, hektisch mit den Flügeln schlagend, zum Ausgang. Auf dem Weg streift es noch einmal die Betonwand und den metallenen Briefkasten.

Er sitzt im Dunkeln auf der Treppe. Ringsum alles schwarz und verschwommen. Mit zitternden Händen tastet er die Umgebung ab auf der Suche nach seiner Brille. Ein schwacher Schein verrät zwar die Lage der Taschenlampe, doch liegt sie außer Reichweite.

»Ist da jemand?«

Seine Stimme versagt.

»Ist niemand hier?«

Er hält sich die Armbanduhr nahe vors Gesicht und orientiert sich an den fluoreszierenden Zeigern. Sie sind schwer zu erkennen. Es könnte 20:15 Uhr sein. Es ist die letzte Juliwoche, Donnerstag vor den Sommerferien. Da die Freitagskurse abgesagt worden waren, hat die Büromitarbeiterin angekündigt, ihre Eltern besuchen zu wollen und das Klassenzimmer einfach offen zu lassen. Der mittelalte Mann, ein Angestellter, hat sich für diesen Abend entschuldigt. Im zweiten Stock sind also nur die Frau und die zwei Studenten. Die Frau kann ihm nicht helfen. Und den beiden anderen ist durchaus zuzutrauen, eine halbe Stunde zu warten. Sie würden sich einfach unterhalten.

Er beginnt, die Stufen mit den Händen ertastend, auf dem Gesäß die Treppe hinunterzurutschen. Glücklicherweise findet er seine Umhängetasche ziemlich schnell. Er öffnet den Verschluss, durchsucht sie und stellt fest, dass er sein Handy vergessen hat. Der Brief, den er nach Deutschland geschickt hatte, war einen Monat später als unzustellbar zurückgekommen. Er hatte ihn vor sich auf den Tisch gelegt, grübelnd, und darüber die Zeit vergessen. Nach der oberflächlichen Rasur hatte er es eilig, und kann sich nicht entsinnen, das Handy eingesteckt zu haben.

Nachdem er sich seine Tasche so umhängt, dass sie nicht wieder herunterfällt, tastet er weiter am Boden. Er fühlt Erde, Staub, Undefinierbares. Als er auf ein paar scharfkantige Teile stößt, sucht er deren nähere Umgebung ab; ob es sich um Teile seiner Brillengläser handelt, weiß er nicht.

Er muss zunächst die Taschenlampe finden. Sitzend schiebt er sich mit beiden Händen in Richtung des schwachen Scheins, der wirkt, als käme er vom Grund des Meeres. Er stöhnt, während er sich weitere Stufen nach unten arbeitet, mit den Händen stets die gesamte Breite abtastend. Da ist sein Brillengestell. Die Gläser sind zerbrochen. Etwas sticht in eine der Fingerkuppen der rechten Hand und er spürt, wie warmes Blut hervorquillt. Er beißt sich auf die Unterlippe. Mit der unverletzten Linken untersucht er vorsichtig das Brillengestell. Es ist ziemlich verbogen. Kein Wunder, sind die Gläser kaputt.

Wie viel Zeit ist vergangen?

Er hört kein Geräusch.

Nicht einmal mehr das Vögelchen. Entweder ist es fortgeflogen oder es hat sich das Genick gebrochen.

Ihn umgibt totale Stille. Müsste er nicht aus der Entfernung zumindest gedämpft die Unterhaltung der beiden Studenten hören? Besonders die klare, durchdringende Stimme des Masterstudenten?

Wenn auch sie nicht gekommen sind, dann wäre nur die Frau da oben.

Er schließt die Augen und stellt sich vor, wie sie allein im Klassenzimmer sitzt. Die einzige Lichtquelle verliert sich in der Ferne und macht hinter seinen geschlossenen Lidern lüsterner Dunkelheit Platz, nicht unähnlich der, in der er sehenden Auges die meiste Zeit lebt.

Er kann die Frau nicht um Hilfe bitten.

Sie ist gehörlos.

Schließlich öffnet er die Augen. Nochmals tastet er mit der linken Hand über die Stufen, treppabwärts in Richtung des verschwommenen Taschenlampenlichts.

In diesem Augenblick hört er Schritte aus dem oberen Stock.

Auf Händen und Knien nimmt er Stufe um Stufe, wobei er versucht, nicht in eine Glasscherbe zu greifen. Er ist sich sicher. Es ist das gleiche Klappern, das er vorhin gehört hat, als sich die Schritte der Frau entfernten. Mit den Fingerknöcheln schlägt er auf den Handlauf aus Metall. Dann versucht er es mit seiner schweren Tasche. Vielleicht spürt sie ja die Vibration des Geländers, auch wenn sie nichts hört.

»Helfen Sie mir!«

Obwohl es wohl zwecklos ist, ruft er. Das Klappern der Schuhe setzt sich fort in Richtung Keller.

Er kann ihre Gestalt im Dunklen nicht erkennen, nicht einmal dass sich dort etwas bewegt hat. Er weiß nur, das Geräusch verstummt ganz in seiner Nähe. Die Person nähert sich ihm, denn er nimmt leises Atmen wahr. Mit weit aufgerissenen Augen starrt er dorthin, wo er es mutmaßlich verortet.

»Hören Sie mich?
Ist außer Ihnen niemand dort oben?
Meine Brille ist kaputt, ohne sie bin ich blind wie ein Maulwurf.

Können Sie Hilfe rufen?
Ich brauche ein Taxi, bevor die Optiker zumachen.

Hören Sie mich?«

Ein dezenter Duft nach Apfel und Seife steigt ihm in die Nase. Zwei kühle, kräftige Hände greifen unter seine Achseln. Sie zwingen ihn aufzustehen. Er bemüht sich, das Gleichgewicht zu halten, obwohl er den Boden nicht sehen kann. Auf für ihn unsichtbare Arme gestützt, steigt er die Stufen hinauf. Jedes Mal wenn er strauchelt, verstärkt sich der Griff der Hände.

Es wird heller und er vermutet, dass sie oben angekommen sind und im beleuchteten Eingangsbereich stehen. Jetzt kann er auch verschwommene Flächen in Graustufen erkennen. Da ist die weiße Wand und das muss der stahlgraue Briefkasten sein. Hinter der Eingangstür lauert vernichtende Dunkelheit.

Eine Hand hat die Frau auf seinen Rücken gelegt, mit der anderen stützt sie seinen linken Arm. Er spürt einen feuchten Windhauch. Sie stehen also vor der offenen Eingangstür. Undeutlich erkennt er ihr Gesicht, ihren Arm. Hektisch wischt er seine blutende Hand am Hemd ab. Durch die heftige Bewegung fällt ihm das kaputte Brillengestell herunter, das er umklammert hielt. Sind die dunklen Flecken am Boden Blut? Er bückt sich, um sein Brillengestell aufzuheben, er schafft es nicht. Mit der Zungenspitze fährt er über seine trockenen Lippen und erklärt der Frau:

»Mein Geldbeutel ist in der Tasche, da ist genug, um ein Taxi zu bezahlen. Im Geschäftsviertel finde ich bestimmt einen Optiker. Ich brauche dringend eine neue Brille.«

18

Sobald der Gehweg uneben ist, zieht sie an seinem Arm, um ihn darauf aufmerksam zu machen. Sie spürt seine Unsicherheit bei jedem Schritt. Als sie schließlich die dunkle Gasse hinter sich gelassen haben, erreichen sie einen Fußgängerüberweg, der über eine zweispurige Straße führt, und sie schaut sich um.

Als Erstes brauchen sie eine Apotheke. Auf der anderen Straßenseite befindet sich zwar eine, doch die Rollläden sind geschlossen. In dieser Gegend kommen selten Taxis vorbei. Auch Busse sind außerhalb der Stoßzeiten Mangelware. Wie sie es von den gelegentlichen Stürzen ihres Sohnes kennt, hat sie, rasch und ohne zimperlich zu sein, den Grad der Verletzung eingeschätzt. Die Wunde an seiner rechten Hand ist tief und stark verschmutzt. Sie hat sie kurzerhand mit einem Taschentuch verbunden, das jedoch schon durchnässt. Ohne zu wissen, ob vielleicht Glassplitter darin sind, macht es keinen Sinn, die Wunde zu säubern oder die Blutung durch Druck zu stoppen.

Sie schaut ihn von der Seite an und folgt seinem sorgenvollen Blick auf den dunklen Asphalt. Ohne Brille wirkt sein Gesicht fremd. Wahrscheinlich wegen der unerwartet großen Augen und wegen seines Gesichtsausdrucks; sie merkt, dass er Angst und Verlegenheit zu verbergen sucht.

Sie ergreift die unverletzte Linke. Nach einem tiefen Atemzug beginnt sie mit zitterndem Zeigefinger, langsam und deutlich auf seine Haut zu schreiben:

Wir gehen

erst

ins

Krankenhaus.

19

Gespräche in der Dunkelheit

»Würden Sie bitte die Lampe auf dem Schreibtisch anmachen?

Für mich ist das warme Licht der Glühlampe über dem Küchentisch besser als die Neonleuchte an der Decke.

Wenn das Licht zu grell ist, sehe ich weniger gut.«

Sie zieht die Schuhe aus und betritt die Einzimmerwohnung. Sehr minimalistisch eingerichtet. Ein Schreibtisch aus knotiger Sicheltanne, ein Bücherregal, etwa ein Meter breit, daneben ein schmales Metallbett mit einem dunkelblauen Bettbezug. Schlichte Tassen, Schälchen und Teller stapeln sich auf einem Regalbrett über dem Spülbecken. Daran schließt ein niedriger, breiter, freistehender Kühlschrank an.

Sie geht zum Schreibtisch, auf dem neben einer Lupe fünf oder sechs aufgeschlagene Bücher liegen, und schaltet die hellbraune Tischlampe ein. Als sie auf dem Weg zurück zur Wohnungstür ist, tastet er gerade an der Wand nach dem Lichtschalter und die grelle Neonbeleuchtung erlischt, die sie bei ihrer Ankunft angemacht hatte. Dafür betätigt er jetzt den unteren Schalter und die gelbe Glühlampe über dem Küchentisch leuchtet auf.

»Jetzt brauchen Sie mir nicht mehr zu helfen.

Ah, Sie haben meine Tasche hier hingestellt.

Nicht, dass sie mir so wichtig wäre. Aber ich muss wissen, wo sich die Dinge befinden.

Damit ich nicht darüber stolpere oder mich stoße.«

Eilfertig hat sie nach seiner Umhängetasche gegriffen, um sie woanders hinzustellen, lässt sie nun aber doch neben dem kleinen Schuhschrank. Wegen der feuchten Hitze, trotz der vorgerückten Stunde nicht schwächer geworden, ist ihre Bluse feucht. Ihr ganzer Körper schweißbedeckt, selbst zwischen ihren Haaren, die nicht mehr zum Zopf gebunden sind. Sein Hemd ist am Rücken durchgeschwitzt und die Blutflecke auf der Vorderseite sind mittlerweile getrocknet. Seine rechte, locker herunterhängende Hand ist bandagiert. Die Gesichter und die Arme der beiden glänzen von Schweiß.

»Möchten Sie auf dem Sessel Platz nehmen, dort unter dem Fenster?

Es ist der kühlste Ort im Raum.

Bei dieser Hitze passiert es mir manchmal, dass ich dort einschlafe.«

Es ist eine Récamiere aus Holz, auf der man sich ausruhen, aber auch gut schlafen kann. Sie steuert darauf zu, doch statt sich zu setzen, stellt sie ihre Tasche dort ab. Sie beobachtet, wie er zu seinem Bett geht und sich, ohne zu zögern oder zu straucheln, niederlässt. Im Taxi hatte er gekonnt den Weg beschrieben. »Nach der Kreuzung ist es die erste links. Es ist das Gebäude direkt nach dem *By the Way.*« Als das Taxi hielt, raunte er ihr zu: »Wir stehen doch vor dem Gebäude neben dem *By the Way*, oder?« Als Antwort drückte sie ihm kurz den Arm, den sie jedoch gleich wieder losließ.

»Ich bin untröstlich, aber ich habe leider keinen Ventilator.

Ich will nur möglichst wenig besitzen.«

Als habe er ihr nichts mehr zu sagen, seit er ein Stück entfernt von ihr sitzt, schweigt er, verlegen dreinblickend. Sein Blick wandert in ihre Richtung, und er zeigt mit der linken Hand auf den Kühlschrank neben dem Küchentisch.

»Möchten Sie ein Wasser?

Im Kühlschrank sind mehrere Flaschen.

Nein, bemühen Sie sich nicht.

Ich mache das.

Ich kann es Ihnen nur leider nicht in ein Glas gießen,

mit meiner verletzten Hand.«

Er steht auf, geht zum Kühlschrank. Mit der Linken öffnet er die Tür und nimmt aus dem oberen Fach zwei kleine Wasserflaschen, die er sich unter den rechten Arm klemmt. Sie will ihm helfen.

»Nein, bemühen Sie sich nicht.

Ich schaffe das schon.«

Vorsichtig nähert er sich und streckt ihr eine der Flaschen entgegen. Immer noch stehend greift sie danach.

»Hätte ich meine Brille, würde ich Ihnen einen Eiskaffee zubereiten.

Ich habe eine kleine Schwester, die sonst mit Komplimenten für ihren Bruder geizt, aber meinen Eiskaffee liebt sie.

Sie lebt in Deutschland.

Singt in einem Chor.

Von den Sopranistinnen ist sie am längsten dabei.«

Da sitzen sie nun, jeder mit einer Wasserflasche in der Hand, er auf dem Bett, sie auf der Récamiere. Sie betrachtet den mit Parkettmuster versehenen Linoleumboden und die Schatten, die die Möbel werfen. Als sie den Blick nach oben zur Decke wandern lässt, mit einer cremefarbigen Tapete beklebt, sieht sie die Umrisse ihrer beiden Köpfe, erstaunlich vergrößert.

Plötzlich fällt ihr auf, dass sie durch das offene Fenster das Zirpen von Grillen hört. Das erinnert sie an die Geräusche auf dem Heimweg entlang der Autobahn. Nur der schreckliche Lärm der Motoren, der ihr jedes Mal vorkommt, als kratzten Tausende von Schlittschuhkufen auf Eis, fehlt hier völlig.

~

»Ich fühle mich ganz seltsam.

Vorhin, im Krankenhaus hat es mich nicht gestört, allein zu reden …

Vielleicht lag es daran, dass Sie mir gelegentlich mit einem Händedruck geantwortet haben.«

Er streckt kurz seine linke Hand in die Luft, bevor er sie wieder aufs Knie legt. Im Bemühen, den Blick auf etwas zu konzentrieren, das er nur schemenhaft sieht, haben sich drei senkrechte Falten oberhalb der Nasenwurzel gebildet, die an das chinesische Schriftzeichen 川[chon] für ›Fluss‹ erinnern.

»In der Notaufnahme habe ich mehrere Geräusche gleichzeitig gehört.

Ich hatte den Eindruck, eine ältere Frau hätte sich verbrannt.

Ein drei- oder vierjähriges Kind weinte und schien dabei fast zu ersticken.

Etwas weiter weg stieß jemand merkwürdige Schreie aus.

Ich hörte, wie ein Arzt jemanden anherrschte, er duzte ihn:

›Du hättest einfach nicht solche Dummheiten machen sollen!‹«

Sie versucht, sich an die Leute zu erinnern, die sie im Krankenhaus gesehen hat. Eine alte Frau mit schlohweißem Haar litt unter einer Verbrennung. Man erzählte, ein Massage-Gerät für Knie sei durchgebrannt. Ein ungefähr dreijähriges Kind schluchzte, die Kuppe des Zeigefingers abgeschnitten. Seine Mutter hatte das linsengroße Stück in eine Mullbinde gewickelt und der Krankenschwester gegeben, die daraufhin erklärte: »Ich werde das in einen Beutel mit Eis packen. Dann fahren Sie in ein größeres Krankenhaus. Wir haben hier keine Chirurgen.« Die Mutter, eine junge Frau, die ihr erschöpftes Kind auf dem Rücken trug, nickte heftig, ohne sich um die Tränen zu kümmern, die über ihre Wangen liefen. »Ja, einverstanden. Machen Sie schnell. Bitte beeilen Sie sich.« Zusätzlich zu den Notfällen, die sich in diesem Warteraum versammelten, bekam eine Frau nebenan den Magen ausgepumpt und stöhnte dabei heftig. Der Schlauch in ihrem Mund verhinderte, dass man verstehen konnte, was sie sagte. Ein junger Arzt benahm sich unverschämt, indem er sie duzte: »Du hättest einfach nicht solche Dummheiten machen sollen!«

~

»Ich hätte nie gedacht, dass ich eines Tages in Ihrer Schuld stehen würde.«

Sie öffnet die Flasche und nimmt einen Schluck. Nach einer kleinen Pause einen weiteren. Dabei lauscht sie dem Spektakel der unaufhörlich zirpenden Grillen.

»Ich weiß nicht, wie ich Ihnen danken soll.«

Er unterbricht sich häufig. Anscheinend fällt es ihm schwer, einen Monolog zu führen.

»Auf der Arbeit wissen sie nicht, dass meine Sehkraft so schlecht ist. Es würde nichts bringen, darüber zu reden, und ich habe es niemandem gesagt. Also …«

Er verstummt. Sie betrachtet durch das Fenster die Strommasten in der Dunkelheit. Unzählige schwarze Kabel, durch die, unsichtbar und still, Strom in hoher Spannung fließt. »Also bitte ich Sie, niemandem davon zu erzählen«, hat er sagen wollen, als ihm einfällt, dass diese Bitte ihr gegenüber unsinnig ist.

»Im Moment komme ich noch ganz gut zurecht, wenn ich meine Brille habe.
… Das Problem ist die Zukunft.«

Sein Schweigen und die Geräusche der Insekten treffen in einem seltsam unregelmäßigen Rhythmus aufeinander, denkt sie. *Biruruk, Biruk*. Wenn er spricht, legt sich ein Oberton auf seine Stimme, als quäle man die Saiten eines Streichinstruments. Dann herrscht plötzlich wieder Stille, bevor der andere Ton übernimmt.

~

»Als ich erfuhr, dass mein Sehsinn rapide schlechter werden würde, fragte ich meine Mutter, ob das bedeutete, dass alles um mich herum schwarz wird.

… Aber diese Frage hätte ich besser meinem Vater stellen sollen.

Denn diese Augenkrankheit kam von seiner Seite, von ihm, meinem Großvater und meinem Urgroßvater.

Aber er verhielt sich immer abweisend, während meine Mutter versuchte, auf jede Frage die bestmögliche Antwort zu geben, egal um was es ging.«

Sie hält die Luft an. Dann atmet sie langsam aus. Sie musste an ihre eigene Mutter denken, an deren Gesicht auf dem Sterbebett. Die letzten dreizehn Stunden des Todeskampfs war ihr Atem sehr langsam, Augen und Mund halb geöffnet. Während der Sohn, der zehn Jahre zuvor nach Argentinien ausgewandert war, sich noch mit seiner Frau in einem Flugzeug über dem Pazifik befand, via Los Angeles auf dem Weg nach Korea, saß sie bei der Mutter und flüsterte ihr ununterbrochen Geschichten ins Ohr. Im Hospiz hatte man ihr dazu geraten, mit dem Hinweis, dass die Mutter es in ihrer Bewusstlosigkeit durchaus hören konnte.

Sie wusste genau, was sie erzählen wollte. Von dem heißen Sommertag, an dem die vierköpfige Familie damals ihre eigenen Wasserspiele veranstaltet hatte, sie selbst sieben Jahre alt. Von dem betonierten Hof des alten Hauses und den durchsichtigen Wasserfontänen, die aus einem Schlauch spritzten. Wie ihr Vater und ihr Bruder geschickt Eimer mit Wasser befüllten und sie kreischend weglief, während die Mutter, kichernd wie ein Teenager, ihren Mann und die Kinder nassspritzte.

Flüsternd erzählte sie immer weiter, während sie die schwärzlichen Lippen der Mutter mit einem feuchten Tuch benetzte, nicht ohne selbst immer wieder Schlucke aus einer Wasserflasche zu nehmen. Als sie irgendwann merkte, dass sie nicht mehr lange durchhalten würde, beschleunigte sie ihr Flüstertempo noch. Bis sie schließlich verstummte. Genau in diesem Moment passierte es. Einem kleinen Vögelchen gleich verließ etwas den Körper der Mutter, die nicht mehr ihre Mutter war. *Mama, wo bist du hingegangen?*, murmelte sie. Sie dachte in diesem Moment nicht daran, die Lider der Toten zu schließen.

»... Daraufhin hat mir Mutter geantwortet, dass das nicht stimmen würde.

Es gäbe dann helle und dunkle Flächen, nur sind sie verschwommen.

Ich konnte mir gut vorstellen, wie das aussehen würde.

Tatsächlich sah ich schon alles verschwommen, wenn ich mein rechtes Auge zukniff, weil mein linkes das deutlich schlechtere war.

Meine kleine Schwester, die uns zugehört hatte, rannte in die Küche.

Sie holte eine milchig durchsichtige Plastiktüte und hielt sie sich vor die Augen.

›Hmm, das ist das Sofa, das ist das Bücherregal.

Das ist weiß und das ist orange.

Ich kann laufen, ohne hinzufallen.‹

Meine Mutter machte dem Spiel ein Ende, indem sie ihr die Tüte abnahm und sie strafend anblickte.«

Er führt die Flasche zum Mund und genießt die Erfrischung. Sie kann seinem Gesicht diese sanfte Regung ansehen. Er scheint glücklich, wenn er an die Seinen denkt. Der sonst etwas düstere und harte Ausdruck wird plötzlich mild.

»Meine Mutter war streng.

Sie duldete es nicht, dass sich jemand über meine Sehschwäche lustig machte.

Jedenfalls fühlte sich meine Schwester von nun an etwas erleichtert.

Sie konnte sich ungefähr vorstellen, wie es für unseren Vater in naher Zukunft und für mich irgendwann einmal sein würde. Diese Vorstellung war nicht ganz so schrecklich, wie sie gedacht hatte.

Aber meine Mutter war viel zu ernsthaft, um das zu verstehen.«

Sie hört zu, ohne sich zu bewegen. In seinem Gesicht ist etwas Lebendiges, einem kleinen Vögelchen gleich.

Das berührt sie und ihr wird warm ums Herz. Trotzdem spürt sie gleichzeitig einen schmerzhaften Stich.

~

»… Hören Sie mir zu?«,
fragt er plötzlich beunruhigt, die halbleere Wasserflasche in der linken Hand. Er streckt den Arm aus und stellt sie auf den Schreibtisch neben dem Bett.

»… Müssen Sie vielleicht gehen?
Macht sich Ihre Familie Sorgen?«

Das Gesicht der Frau verdüstert sich schlagartig. Sie erinnert sich, wie sie mit ihren Cousins Fangen spielte, als sie klein war. Im Dorf bei ihrem Onkel, dem Geburtsort ihres Vaters, wo alle den gleichen Nachnamen trugen. Nachdem sie ihr die Augen verbunden hatten, verschwanden die älteren Cousins. Jedes Mal wenn sie die Arme in eine Richtung ausstreckte, in der sie jemanden vermutete, hörte sie gedämpftes Kichern. Sie fuchtelte mit den Händen in der Luft herum, bis sie plötzlich ein seltsames Gefühl beschlich und sie damit aufhörte. Sich das Tuch vom Kopf reißend durchsuchte sie alle Zimmer, deren Türen offen standen. Dann verstand sie, dass die anderen gegangen waren.

»Hören Sie mir noch zu?«

Der freudige Gesichtsausdruck ist verschwunden. Das lebendige Vögelchen versteckt sich und macht sich noch kleiner. Sie zögert, dann bewegt sie Füße und Knie, um ihm zu zeigen, dass sie ihm noch zuhört. Sie stellt die Wasserflasche neben sich auf die Récamiere.

~

Er wartet kurz, bevor er fortfährt, den Blick auf ihr Gesicht gerichtet, das er nur schemenhaft erkennt.

»... Als ich nach Seoul zurückkehrte, habe ich meine Mutter und meine Schwester in Deutschland zurückgelassen. Ich habe einen einfachen Flug gebucht. Erst hatte ich überlegt, mir ein Ticket mit offenem Rückflug zu kaufen, bin dann aber meinem Bauchgefühl gefolgt.«

Er befeuchtet seine Lippen mit der Zungenspitze. Die Pausen zwischen zwei Sätzen sind lang. Wenn man im Dunkeln schreibt, lässt man auch immer viel Platz zwischen den Zeilen, aus Angst, sie könnten sich sonst vermischen.

»Das Flugzeug flog nach Osten. Nach Osten ... Mit Hilfe des Westwinds. Beim Blick nach draußen hatte ich den Eindruck, wir würden auf einem großen Pfeil sitzen. Ein Pfeil, der sich nicht auf eine Zielscheibe zubewegte, sondern von ihr weg.«

Sie verursacht wieder ein Geräusch, indem sie langsam und vorsichtig ihre Fußstellung verändert.

»… Die eine Hälfte der Passagiere war deutsch, die andere koreanisch. Die einzige koreanische Stewardess der Fluglinie fragte in ihrer Sprache: ›Was darf ich Ihnen zu trinken bringen?‹ Da musste ich spontan lachen. In diesem Flugzeug fiel ich endlich nicht mehr auf.«

Er benetzt die Lippen mit etwas Wasser.

»… Sobald wir damals in Frankfurt ankamen, befand sich meine Mutter in ständiger Sorge. Fast zwanghaft ermahnte sie uns, dass wir als Ausländer auffielen und deshalb besonders bemüht sein müssten, uns richtig zu verhalten. Sie stritt sehr häufig mit meinem Vater über Belanglosigkeiten, vor allem wenn wir am Wochenende etwas unternahmen.

Wenn wir mit dem Wagen hier rausfahren und es gibt dort kein Kassenhäuschen, was machen wir dann? Im ersten Stock habe ich Kassen gesehen, es spielt doch keine Rolle, dass das weiter weg ist. Lass uns einen Umweg machen und dort zahlen. … Schau, wir sind Ausländer. Man wird denken, dass wir das absichtlich getan haben, um nicht zahlen zu müssen. Ich meine, wenn jetzt da am Ausgang keine Kasse ist … Doch, das ist schlimm! Warum willst du das Risiko eingehen?«

Sein Mund verzieht sich traurig.

»*Das ist doch nicht schlimm, mach dir keinen Kopf*, erwiderte mein Vater mehrmals unwirsch, und ich hatte den Eindruck, dass die Ängste meiner Mutter übertrieben waren. Im Nachhinein betrachtet, hatte sie doch meistens Recht. Ausländer wurden diskriminiert, wenn auch oft unsichtbar. Auch in der Schule, die meine Schwester und ich besuchten, und in den Firmen und Ämtern, mit denen mein Vater zu tun hatte. Ich erinnere mich an eisige Blicke, missbilligend oder gar hasserfüllt. Da fiel es schwer, diese Leute nicht für Rassisten zu halten.«

Jedes Mal, wenn sein Schweigen zu lang wird, gibt sie ihm durch eine Bewegung zu verstehen, dass sie durchaus noch wach ist. Sie fährt mit der Hand über die Lehne des Sitzmöbels, streicht ihre Haare nach hinten. Dann sitzt sie wieder still.

»… Meine Mutter war immer müde. Nachdem wir nach Mainz umgezogen waren, wo sie einen asiatischen Lebensmittelladen aufgemacht hat, um an Stelle meines Vaters das Geld zu verdienen, sah ich sie so gut wie nie mehr lächeln. Sie beschwerte sich regelmäßig:

In diesem unsäglichen Land muss man sogar Fremde anlächeln. Ich mag nicht mehr lächeln. Ich möchte nach meiner Vorstellung leben. Ich lächle nicht mehr, auch daheim nicht. Das bedeutet allerdings nicht, dass ich wütend bin, versteht mich nicht falsch.«

Immer wenn sie sich regt, wird ihre Bewegung von dem Schatten an der Decke um ein Vielfaches vergrößert. Beim leichtesten Zittern ihres Kopfes oder ihrer Hände fängt der Schatten an zu wackeln, als tanzte er.

»In der Pubertät fiel mir das Lächeln auch schwer. Es war hart, sich immer voller Elan und Selbstbewusstsein zu zeigen und gleichzeitig darauf zu achten, wann man jemanden lächelnd grüßen musste. Immer öfter betrachtete ich das als körperliche Anstrengung. An manchen Tagen hatte ich zudem das Gefühl, das falsche Lächeln der anderen nicht mehr ertragen zu können. Dann machte ich auf asiatischen Bad Boy, der Kampfkunst kann. Ich zog meine Mütze tief ins Gesicht und lief mit mürrischer Miene durch die Gegend, Hände in den Hosentaschen.«

Gerade bewegen sich die beiden überdimensionalen Schatten an der Decke nicht. Lautlos verharren sie in gehörigem Abstand voneinander, mit klar umrissenen Konturen.

»... Als das Flugzeug schließlich in Incheon landete, verließ ich es mit einem Lächeln, gezwungenermaßen schon zur Gewohnheit geworden. Wenn ich jemandem aus Versehen zu nahe kam, wollte ich mich auf Deutsch entschuldigen. Wenn mich beiläufig jemand ansah, lächelte ich instinktiv. Während ich mir den Weg durch die Leute bahnte, die auf ankommende Fluggäste warteten, wurde mir klar, dass ich in dieser Eingangshalle endlich kein Aufsehen mehr erregte, weil ich einer unter vielen war. Dass ich wieder in einer Kultur war, in der man Fremde nicht grüßt und sie auch nicht anlächelt.

Warum das mir plötzlich ein Gefühl von Einsamkeit vermittelte, verstand ich zunächst nicht.«

~

Das Zirpen der Grillen durchbricht die Stille, die den Raum überspannt wie Stoff den Stickrahmen. Tausend Nadeln gleich durchlöchert es das Gewebe.

Die Schatten bewegen sich immer noch nicht. Sie hält den Atem an. Sein Gesicht ist blass, fast wie Eis.

~

»... Ich erinnere mich an eine Reise, die wir zu dritt unternommen haben, ohne unseren Vater. In unserem ersten Winter in Deutschland fuhren wir nach Italien.«

Die Pausen während seines Monologs sind kürzer geworden. Wie bei einer Kritzelei im Dunkeln, bei der sich die Zeilen gelegentlich überlappen und die Tinte ineinanderläuft, vermischen sich seine Erinnerungen.

»Ich erinnere mich an nichts mehr. Von Italien, meine ich. Weder an Museen, noch an Kirchen oder an das Essen. Die einzige Erinnerung: Katakomben.«

~

»… Es handelt sich um eine Totenstadt.

Jeder Gang verzweigt sich an seinem Ende in drei weitere.

Angeblich sind schon nicht wenige Touristen in diesem Labyrinth aus Gängen verhungert, weil sie sich verirrt haben, und das scheint mir nicht einmal allzu weit hergeholt.

In die Wände waren wie Schubladenfächer unzählige Gräber verschiedenster Größe eingelassen und unsere Reiseführerin, eine beim örtlichen Reiseveranstalter arbeitende Koreanerin, fragte:

›Warum beinhalten die Särge Ihrer Meinung nach keine Gebeine?‹

Meine Schwester antwortete mit ihrer kräftigen Stimme:

›Weil man sie in Museen gebracht hat?‹

Die Führerin verneinte dies.

›Weil sie jemand gestohlen hat?‹, meldete sich nun ein anderer Tourist zu Wort.

Wieder schüttelte die Führerin den Kopf. ›Sie sind alle hier‹, erklärte sie und klang fast stolz dabei. ›Wenn man die Erde in den Särgen analysiert, stellt man fest, dass sie Kalzium und Phosphor enthält. Nach mehreren tausend Jahren zersetzen sich menschliche Knochen so stark, dass Erde entsteht, wie Sie sie hier sehen.‹«

Sie blickt nach draußen. Die elektrischen Leitungen bilden ein ziemliches Wirrwarr. Obwohl umgeben von harmlos wirkender Stille, übertragen sie, dank der hohen Spannung, Stimmen und Bilder und lassen Leuchtreklamen blinken.

»… Ich war drauf und dran, mich zu übergeben.
Ich hatte Angst vor der Erde, die ich da sah.
Angst, sie könnte mich berühren.
Trotzdem konnte ich nicht weglaufen.
Es war zu dunkel.
Drei Wege, die gleich aussahen, endeten vor mir im Nichts.«

Ich bin drauf und dran, mich zu übergeben, murmelt sie tief in ihrem Inneren, weit weg von Kehlkopf und Zunge.

Einige Monate zuvor hatte sie sich mehrere Tage lang alle ein, zwei Stunden übergeben müssen. Das war nach dem Prozess, als sie das Sorgerecht für ihr Kind verlor. Am Ende der Woche war ihr Sohn bei ihr und sie machte ihm ein Reisomelette, da er das liebte. Sie selbst begnügte sich mit etwas Kohl. Manchmal pürierte sie ihn in einem Mixer, manchmal garte sie ihn mit Dampf. Jedenfalls war Kohl das einzige Lebensmittel, das ihr Magen vertrug.

»Du wirst noch zum Hasen«, hatte ihr Sohn gesagt. »Oder von oben bis unten grün.« Sie lachten beide, bevor sie zur Toilette ging, um sich zu übergeben. Dann spülte sie sich den säuerlichen Geschmack aus dem Mund, bevor sie zu ihrem Sohn zurückging und ihn halb scherzhaft fragte: »Warum sind Kaninchen dann nicht grün? Obwohl es ihnen sicherlich nicht an Gras mangelt.« Ihr Sohn hatte geantwortet: »Das kommt, weil sie auch Karotten essen.« Sie platzte vor Lachen, während sie gegen die wiederkehrende Übelkeit kämpfte.

~

»… Dass ich jetzt schon über einen längeren Zeitraum als Einziger rede, erinnert mich irgendwie an damals.

Daran, dass wir uns gemeinsam in diesem riesigen Grab befanden, umgeben von den Überresten tausender Kadaver, die sich auflösen, bis keine Spur mehr von ihnen übrig ist, während durch unsere Körper warmes Blut floss.«

Tinte vermengt sich mit Tinte, eine Erinnerung mit der nächsten, ein Blutstropfen mit dem anderen. Ein erneutes Achselzucken verdrängt das vorherige, ein Lächeln das andere.

~

»… Ich bin müde.«

Er verstummt wieder.

»Ich glaube, wenn ich jetzt einschlafe, wache ich bestimmt tagelang nicht mehr auf.«

~

Er beißt die Zähne zusammen und schwelgt weiter in Erinnerungen. Noch einmal geht er die Orte durch, über die er bereits gesprochen hat. So wie sie das tut, wenn sie das Eis der Stille berührt. Schmilzt die Eisdecke, tun sich drei Wege auf. Eine weitere Eisdecke, drei weitere Wege. Eine noch dickere Eisdecke, drei weitere Wege … bis ins Unendliche verzweigt.

»… Nur ein einziges Mal bin ich mehrere Tage lang nicht aufgewacht.

Jemand hatte mir ein Holzscheit auf den Kopf geschlagen.

Aber kein Verbrecher.

Ich kannte denjenigen sehr gut.

Mein Brillengestell ging dabei kaputt und hat mich im Gesicht verletzt.

Ich habe immer noch die Narbe.«

Ihre Augen richten sich auf die kaum sichtbare Linie, die von dem einen Auge bis zum Mund verläuft. Plötzlich wird ihr bewusst, dass die Nacht schon weit fortgeschritten sein muss, weil das Zirpen der Grillen, das ihr vorhin nie zu enden schien, zunehmend verstummt. Bei vielen der dunklen Wohnungen stehen wegen der Hitze die Fenster offen, durch die engmaschigen Fliegengitter schlüpft Finsternis wie ein Geist.

»Ich hatte das Bewusstsein verloren und bin erst wieder im Krankenhaus aufgewacht.

In einem Dreibettzimmer, das ich für mich allein hatte.

Da lag ich also und dachte nach, in die schwarze Nacht starrend:

Wird es bald heller? Oder wird es noch dunkler?«

~

In diesem Augenblick taucht aus ihrem Unterbewusstsein ein lang vergessenes Wort auf, sie will es zurückdrängen. Früher bezeichnete man das Zwielicht der Morgen- und Abenddämmerung mit einem sinokoreanischen Wort, das mit 呼[ho] anfing. Das Wort bedeutet so viel wie, einen Fremden, den man in diesem Halbdunkel nicht erkennen kann, aufzufordern, sich zu erkennen zu geben. Dieses Wort, das sie nicht vollständig erinnert und das einen ähnlichen Ursprung hat wie der französische Ausdruck *L'heure entre chien et loup*[die Stunde zwischen Hund und Wolf], rumort in ihrem Inneren.

»In diesem Moment kamen meine Mutter und meine Schwester ins Zimmer und schrien erleichtert auf.

Meine Schwester holte sofort eine Krankenschwester.

Und dann kam ein übernächtigt wirkender Assistenzarzt mit zotteligen Haaren, klärte mich über meinen Gesundheitszustand auf.

Vor dem Fenster war das bläuliche Schimmern der schwarzen Nacht gewichen.«

Als Kleinkind war sie einmal nach einem langen Nachmittagsschlaf auf Knien bis zur Küchentür gekrochen. Wie in traditionellen Küchen üblich, führten ein paar Stufen hinunter, die sie auf dem Allerwertesten hinabrutschte. Auf der Schwelle angekommen, sah sie ihre Mutter vor dem Petroleumofen hocken und Bohnen kochen. Noch etwas benommen fragte sie: »Mama, ist jetzt Morgen?« Ihre Mutter brach in lautes Lachen aus. Die Dunkelheit, die in der alten Küche herrschte, konnte Nacht vortäuschen. Die Schwärze war dichter und tiefer als während der Morgendämmerung und dauerte sicherlich länger. Unbewusst hatte sie wohl deswegen das Bedürfnis, ihre Mutter zu fragen, ob es schon Morgen sei.

»Der Arzt erklärte mir, dass ich drei Tage im Koma gelegen hatte.

Dass niemand verstehen konnte warum, da die äußeren Verletzungen eigentlich nicht so schlimm waren.«

Über sein Gesicht gleitet ein seltsam wehmütiges Lächeln.

»… Das war das erste und das letzte Mal, dass ich so tief und traumlos geschlafen habe.«

Ein Lächeln breitet sich über das ganze Gesicht aus, wie Wasser, das von trockenem Holz aufgesaugt wird.

~

»Später …«

Seine Stimme wird schwächer.

»werde ich nur noch in meinen Träumen sehen können.«

Er scheint vergessen zu haben, mit wem er spricht. Es hört sich fast an, als ob er sich an jemanden richtet, der gar nicht im Raum ist.

~

»… Rosen.

Das rötliche Innere einer Wassermelone, das sich wie eine Blume öffnet, wenn man die Frucht halbiert.

Die Nacht des Laternenfests.

Die Schneeflocken.

Das Gesicht einer Frau aus der Vergangenheit.

Wenn ich aus einem Traum erwache, öffne ich die Augen nicht, denn die Welt um mich liegt in Dunkelheit.«

Sie spürt, wie Müdigkeit sie übermannt und ihr die Augen zufallen. Mit einiger Anstrengung reißt sie sie wieder auf. Sie kann gar nicht glauben, dass sie hier ist.

Als sich ihre Lider nochmals schließen, scheint die Realität aus dem Fokus ihres Bewusstseins zu rücken. Vielleicht wird sie beim nächsten Augenöffnen ihre Wohnung, ihr Wohnzimmer und ihre Decke sehen. Vielleicht hat sie sich auf ihr Sofa gelegt und ist eingeschlafen, eine alte Gewohnheit.

Das gleiche Gefühl der Unwirklichkeit hatte sie wenige Stunden zuvor während der Zeit, die sie allein im leeren Klassenzimmer verbrachte und auf den Unterricht wartete. Der Lehrer, normalerweise vor seinen Schülern da, ließ sich diesmal offenbar Zeit. Weder der mittelalte Mann, der gerne hinter der Säule sitzt, noch der großgewachsene Masterstudent, der einmal an eine dunkle Wand gelehnt spitze Bemerkungen zwischen den Zähnen hervorgepresst hatte, noch der pickelige Philosophiestudent, der ihr immer neugierige Blicke zuwirft, waren gekommen.

Die Tafel, das Podest und die übrigen Tische waren leer. Die beiden Ventilatoren standen still, schräg an der Wand, als würden sie sich abwenden. Ein seltsames Gefühl stellte sich ein, als vor ihren Augen plötzlich die leeren Plätze von telefonierenden oder miteinander redenden Mitschülern besetzt waren. Schnell kniff sie die Augen zusammen. Ihr persönliches Zeitempfinden schien sich verschoben zu haben. Sie hatte das Gefühl, es würde nie mehr mit dem der anderen Menschen zusammenkommen. Wie Gesteinsschichten, die sich tektonisch verschoben haben. Abwesend lauschte sie dem entfernten Lärm der Automotoren, als sie, einem Impuls folgend, Lehrbuch, Heft und Mäppchen in die

Tasche packte. Ohne das Licht des in tiefer Stille ruhenden Raumes auszuschalten, betrat sie den dunklen Gang, auf dem ihre Schritte besonders laut widerhallten.

~

»… Sind Sie immer noch da und hören zu?«

Seine Stimme scheint verzerrt, als käme sie aus einem feuchten Lautsprecher.

Ist es überhaupt die Stimme des Griechischlehrers, fragt sie sich mit geschlossenen Augen. Ist es die gleiche, die sie nun seit Monaten in dem öden Klassenzimmer hört? Hat sie die ganze Zeit schon so zerbrechlich geklungen?

~

»*Finden Sie das nicht manchmal äußerst seltsam*?

Dass unser Körper über Lider und Lippen verfügt.

Die mitunter von außen geschlossen oder von innen versiegelt sein können?«

~

Ihre schweren Lider mühsam öffnend, beschwört sie wie ein Traumbild die Gasse vor ihrem alten Haus herauf. Es war bei Sonnenuntergang. Zusammen mit ihrer noch jungen Mutter verließ sie das Haus, um nur ein paar Straßen weiter ihre Großmutter mütterlicherseits zu besuchen. »Wir gehen am Markt vorbei und kaufen ein paar Mandarinen«, sagte die Mutter. Sie selbst war ein kleines Mädchen, kämpfte noch mit dem Reißverschluss ihres Mantels, als sie wie aus dem Nichts die orangenen Mandarinen vor Augen hatte. Sie war sehr erstaunt, wohl wissend, dass sie nicht wirklich da waren, obwohl sie echt aussahen. Also versuchte sie, sie durch Bäume zu ersetzen, und es funktionierte. Es war magisch. Ihre Umgebung bot nichts weiter als eine dämmrige Gasse und Betonmauern, doch sie sah Bäume. Buchstaben, die sie kürzlich gelernt hatte, überlagerten das Bild. BAUM. Sie sprach das Wort aus. Dann lachte sie vor sich hin. Baum. Baum.

~

»... Finden Sie das seltsam, was ich Ihnen erzähle?«

Sie reißt die Augen auf und sieht ihn an. Sieht seine Narbe und einen frischen Staubfleck, den er sich unbemerkt ins Gesicht geschmiert hat. Sie schließt die Augen wieder. Wie damals sieht sie das jungenhafte Gesicht des Mannes, das sie gerade noch betrachtet hat, genau vor sich. Die Magie ihrer Kindheit.

»Ich würde Ihnen gerne eine Frage stellen, wenn Sie nichts dagegen haben. Wirklich, ich hoffe, Sie fassen es nicht falsch auf ...«

Er spricht jetzt leiser.

»Sind … sind Sie von Geburt an stumm?«

~

Die Decke ist mit einer cremefarbenen Tapete beklebt und in dem Regal stehen unbeweglich die Bücher. Das Zirpen der Grillen ist verstummt. Nur das entfernte Brummen der Autos stört die Ruhe des spärlich erleuchteten Zimmers. Durch das geöffnete Fenster strömt ein Lüftchen herein. Es fühlt sich feucht an, als streife man an einem ausgewrungenen nassen Handtuch vorbei. Es gelüstet sie danach, mit so einem feuchtkalten Tuch ihr schweißverklebtes Gesicht zu reinigen. Auch ihm würde sie gern den Staub vom Gesicht wischen.

»… Was tun Sie beruflich?«

~

Sie betrachtet seine Augen, die suchend in den Raum blicken, seine aufeinandergepressten Lippen, sein Kinn und die Wangen, wegen der späten Stunde schon mit dem bläulichen Schatten eines Bartes. Als ob sich in den Punkten und Linien, aus denen Gesichtszüge bestehen, geheime Zeichen oder zu entschlüsselnde Hieroglyphen verstecken. Als ob sie glaube, wenn sie das Gesicht mit einfachen Strichen zu Papier brächte, kämen Wörter zum Vorschein.

Zu Frühjahrsbeginn in ihrem zweiten Oberstufenjahr hatte sie mehrere Gedichte geschrieben, die den Titel

›Hieroglyphen‹ trugen. Sie hoffte, dass sie witzig wirkten. Das kleine ›a‹ erinnert an eine Person, die vor Müdigkeit Kopf und Schultern hängen lässt. Das chinesische Schriftzeichen 光 kwang, Licht ähnelt einem Busch, dessen Wurzeln unter der Erde gedeihen und der oben seine Zweige Richtung Licht streckt. Der Schrei 우우우 uuu ist wie Wassertropfen, die sich auf einem Fensterrahmen sammeln und dann gemeinsam ein Rinnsal bilden – oder wie Tränen, die an den Wimpern hängen, bevor sie nach unten fließen. Es waren heitere, ruhige und naive Gedichte, die sie keinem gezeigt hatte.

Ihre späteren Gedichte unterschieden sich ziemlich davon. Nach und nach wurden die Wörter so zittrig, dass ihre Linien auseinanderzureißen drohten. Manche hatten sich schließlich aufgelöst oder waren wie eine abgeschnittene Scheibe Fleisch verfault und vergangen.

~

»… Warum lernen Sie Altgriechisch?«

Sie blickt abwesend auf ihr linkes Handgelenk. Unter dem verschwitzten purpurroten Haargummi befindet sich eine alte Narbe. Sie wird sich nicht daran erinnern. Wenn sie sich erinnern muss, wenn sie sich wirklich erinnern muss, wird sie nichts dabei empfinden.

Schließlich weiß sie noch, wie der betreffende Tag verlief, aber sie sieht sich distanziert und ohne jegliche Emotion, als handle es sich um jemanden, den sie kaum kennt. »Sie ist verrückt«, hatte jemand in der Dunkelheit geflüstert, nachdem sie wieder zu sich gekommen war. »Man hat das Kind einer Verrückten anvertraut.« Wörter, von einem Kehlkopf und einer mindestens neun Zentimeter langen Zunge gebildet. Unbedachte, metallisch schmeckende Wörter, verletzend und stichelnd, formten sich in ihrem Mund. Damit sie nicht unkontrolliert aus ihr hervorschossen wie Splitter einer Rasierklinge, zerlegte sie sie in noch kleinere Einzelteile.

~

»... Was haben Sie neulich auf Griechisch in Ihr Heft geschrieben?«

Sie tastet mit den Fingern nach ihren Lippen, und es ist, als berühre sie ein riesiges, abgenutztes Zahnrad. Sie verfolgt den Weg der Worte in ihrem Kopf, ein Vibrieren, als warteten sie nur darauf, hervorzuschießen. Ganz so, als erinnere sie sich plötzlich an ein seit Langem verkümmertes Organ.

Sie weiß, dass der Verlust ihres Sprechvermögens keinem bestimmten Ereignis zuzuschreiben ist.

Im Laufe von tausenden von Jahren ist Sprache von unzähligen Zungen benutzt worden und aus fast ebenso vielen Federn geflossen. Ihr ganzes Leben lang hat sie sich der Sprache bedient, mit ihrer Zunge und ihrer Feder. Jedes Mal, wenn sie nun einen Satz beginnen wollte, fühlte sie sich in ihrem ausdrucksleeren, vertrockneten und nur notdürftig geflickten Herzen alt. Je stärker sie dies empfand, desto fester klammerte sie sich an die Worte. Dann lockerte sich plötzlich der Griff und stumpfe Wortfetzen purzelten heraus. Die Rädchen eines aufgezogenen Uhrwerks, die stillstanden. Bis sich mit einem Mal ein abgenutztes Teil, das sich verklemmt hatte, löste wie ein verkrustetes Stück Fleisch oder Tofu, das man mit einem Löffel abkratzt.

~

Sie konnte sich nicht damit aussöhnen.

Überall gab es Sachen, mit denen sie sich nicht versöhnen konnte.

Die Leiche eines Obdachlosen, an einem Frühlingstag unter mehreren Lagen Zeitungspapier auf einer Bank im Park aufgefunden. Die leeren Augen der Menschen, die spätabends in einem U-Bahn-Abteil sitzen und keinen Blick füreinander haben, obwohl ihre schweißnassen Schultern sich berühren. Die unendliche Schlange von Autorücklichtern, die sich während eines Regengusses auf einer Hauptverkehrsader im Schneckentempo vorwärts bewegt. Das tägliche Kratzgeräusch tausender Schlittschuhkufen. Die Körper, die so leicht zerfallen. Die dummen Witze, mit hölzerner Miene vorgetragen, um alles vergessen zu machen. Die Wörter, die man dem Stift entlockt, indem man fest aufdrückt, damit nichts in Vergessenheit gerät, und der Gestank der Gischt, die auf allem liegt.

Sehr früh am Morgen oder spät in der Nacht, wenn sie lange allein oder kurz nachdem sie von einer Krankheit genesen war, entschlüpften ihr manchmal wie von selbst unglaublich reine und friedliche Wörter, hingelallt wie in Zungenrede. Aber es war schwer, darin einen Beweis für Versöhnung zu sehen.

~

Sie spürt, wie sie von Müdigkeit überschwemmt wird, ähnlich einer unendlichen Trunkenheit.

Die Stimme des Mannes dringt von weit weg an ihr Ohr, bruchstückhaft und wie in einem Traum.

»… Es gibt Momente, in denen ich das Gefühl habe, Sie zu verstehen. Augenblicke, in denen ich keine Lust habe zu sprechen.«

Sie bemüht sich, ihn anzusehen und seinen herumirrenden Blick einzufangen.

»Wenn ich Sätze auf die dunkelgrüne Tafel schreibe, habe ich Angst.

Davor, dass das, was ich gerade geschrieben habe, für mich nicht mehr sichtbar ist, wenn ich mich mehr als zehn Zentimeter davon entferne.

Wenn ich den Text lese, den ich auswendig gelernt habe, habe ich Angst.

All die Silben, die mir so selbstverständlich über die Lippen kommen, als sei das nichts Besonderes, machen mir Angst.

Die Stille des Raumes, in der meine Stimme widerhallt, macht mir Angst.

Sind sie einmal ausgesprochen, sind Worte unwiderruflich. Wörter, die mein Wissen übersteigen, machen mir Angst.«

~

Sie fragt sich, wem wohl die Stimme gehört, die auf sie einredet. So müde, wie sie ist, hat sie das Gefühl, alles in diesem stillen düsteren Raum sei ein Trugbild. Nichts hatte sie gehört, und sie hatte auch niemandem in die Seele geblickt.

Manchmal habe ich das Gefühl, im Nebel zu gehen.

Wie an einem Wintertag, wenn sich der über den See häufig hereinziehende Nebel bis zum Abend nicht auflöst, dort in der anderen Stadt. Wie in einer dieser Nächte, in der man sich langsam an den feuchten Wänden der grauen Gebäude vorantasten muss, deren Fassadengemälde man wegen des Nebels nur noch erahnen kann; niemand ist dann mit dem Fahrrad unterwegs und man hört nur die schweren Schritte unsichtbarer Menschen. Dann habe ich das Gefühl, nicht vorwärts zu kommen und meine eiskalte Wohnung nie zu erreichen.

~

Es gibt Dinge, die versteht sie auch nach langer Zeit nicht.

Warum hat sie der Hund gebissen, an dem Tag, als er auf dem glühend heißen Asphalt im Sterben lag?

Das waren doch seine letzten Atemzüge.

Warum hat er seine Zähne mit aller Kraft in ihrem Körper versenkt?

Warum war sie so dumm und nahm ihn in die Arme?

~

»… Hören Sie mich?«

Sie bemüht sich, aufmerksam zu sein. Er hat gar keine Vorstellung davon, wie schwer ihr das fällt. Sie konzentriert sich darauf, ihn nicht aus den Augen zu lassen, und strengt sich an, direkt in sein Gesicht zu blicken. Es ist nur zur Hälfte beleuchtet, von der Schreibtischlampe.

»… Hören Sie mir noch zu?«

Sie sieht, dass er aufsteht. Sieht, wie er vorsichtig auf sie zugeht, in seinem weißen Hemd mit den Blutflecken. Sie sind getrocknet und haben sich braun verfärbt. Sie bemerkt, dass er noch müder ist als sie und dass er bei jedem Schritt extrem aufpassen muss, um nicht zu stolpern.

~

»Es tut mir sehr leid.

Es ist das erste Mal, dass ich so einen Monolog führe.«

Er bemüht sich, die Erschöpfung zu überspielen, die sich in seinem Gesicht abzeichnet. Er beugt sich vor und hält ihr seine linke Hand hin. Sie mustert seine Augen, die nicht wie sonst von Brillengläsern verdeckt waren. Offensichtlich können sie Graustufen im Raum unterscheiden, denn sie sind auf ihr Gesicht gerichtet.

»Möchten Sie mir hier Ihre Antwort aufschreiben?«

Seine Augen blicken nicht mehr ins Leere. Sie sieht ihn an. Über so einen langen Zeitraum hatte er geredet, ohne eine Antwort zu bekommen.

»Möchten Sie ein Taxi rufen?«

Sie benetzt ihre Lippen mit der Zungenspitze, öffnet sie kurz, bevor sie sie wieder aufeinanderpresst. Sie nimmt die Hand, die er ihr entgegenstreckt und legt sie auf ihre Linke. Zögerlich beginnt sie mit dem rechten Zeigefinger auf seine Handfläche zu schreiben.

~

Nein.

Die Linien ziehen sich zittrig über die Haut, bevor sie verblassen. Sie sind stumm und unsichtbar. Sie haben weder Lippen noch Augen. Das Zittern und die Wärme verschwinden, ohne dauerhafte Spuren zu hinterlassen.

Ich werde

den ersten Bus

nehmen.

20

Sonnenflecken

Durch den Lärm des Platzregens wacht er auf. Es ist dunkel, das Fenster sperrangelweit auf. Man muss es schließen, bevor es hereinregnet. Er tastet auf dem Tisch nach seiner Brille, als er sich plötzlich erinnert, was am Abend zuvor passiert ist. Seine rechte Hand tut immer noch weh.

Er setzt sich auf und seine nackten Füße berühren den Boden. Dann geht er, mit den Armen vor sich in der Luft tastend, zum Fenster, hinter dem Wind und Regen die Außenwelt verschlingen. Er versucht, die Schattierungen der Dunkelheit zu unterscheiden. Er bewegt die Arme seitlich und nach vorne. Von der Wand ist er ein gutes Stück weg. Die Heizung und die Récamiere unter dem Fenster sind noch weit entfernt. Er spürt die Feuchtigkeit im Gesicht und auf den Armen. Wassertropfen berühren seine ausgestreckten Hände. Endlich kann er den Aluminiumgriff ertasten und das Fenster schließen, was nicht geräuschlos geht. Seine Hand wird dabei innen wie außen nass. Nun ist das Prasseln des Regengusses nur noch gedämpft zu hören.

Bald fällt ihm auf, dass die Frau nicht mehr auf der

Récamiere liegt. Nichts regt sich und kein Atemgeräusch ist zu vernehmen. *Ist es schon Zeit für den ersten Bus?*, murmelt er. Seine Stimme klingt matt und wie von einem Fremden.

Er setzt sich auf die Récamiere. Seine Fingerspitzen verraten ihm, dass die Frau das Laken und die Decke, die er ihr in der Nacht gegeben hatte, sorgfältig zusammengefaltet hat. Er streckt sich darauf aus. In der Wäsche hängt noch ein leichter Geruch, eine Mischung aus Schweiß und Apfelduft, wie man ihn in Kindershampoos findet. Er hebt seine Hände und betrachtet sie. Die hellere ist die verbundene rechte Hand, die dunklere seine linke. Die Haut der einen erinnert sich noch an die schmerzhaften Stiche, die der anderen an das warme kitzelnde Gefühl, das die Striche und Punkte beim Darüberstreichen hervorgerufen haben.

An die zögerliche zitternde Hand. An den Zeigefinger mit dem so kurzen Nagel, dass er kaum spürbar war. An die Silben, die er Stück für Stück erriet. An den Punkt, der an eine Reißzwecke ohne Spitze erinnerte. An den Sinn, der sich langsam ergab.

Sie wissen das sicher nicht, aber es kommt immer wieder vor, dass ich in meiner Vorstellung lange Gespräche mit Ihnen führe.

Wenn ich spreche, hören Sie mir aufmerksam zu, und umgekehrt.

Ab und zu scheint es mir, als würden wir uns wirklich unterhalten, während wir im Klassenraum allein auf den Kursbeginn warten.

Ich hebe den Kopf und Sie sind plötzlich da. Wie eine Person, die nur aus der oberen Hälfte besteht, nein, eigentlich aus zwei Dritteln. Oder doch mehr als das? Eher wie ein stummer Gegenstand, der Schlimmes mitgemacht hat, ramponiert ist. Gelegentlich habe ich Angst vor Ihnen. Als ich meine Furcht überwand und mich auf einen Stuhl in Ihre Nähe setzte, glaubte ich, Sie würden aufstehen und den Mut haben, auf mich zuzugehen.

Nachts muss ich manchmal an Ihr furchteinflößendes Schweigen denken. Ein Schweigen, das anders ist als das von R, die von einem flackernden Licht erfüllt zu sein schien. Ein Schweigen, das an eine erstarrte Hand denken lässt, die versucht, eine Eisschicht von unten zu durchstoßen. Ein Schweigen wie eine Schneewehe, die sich auf einem blutüberströmten Körper bildet. Es kam schon vor, dass ich fürchtete, dieses Schweigen könne sich in den Tod verwandeln. Der Gedanke ängstigte mich, dass es sich verfestigen könnte, zu Totenstarre wird.

Er reißt die Augen auf und starrt in die Finsternis. Er sieht nichts. Mühsam schließt er sie wieder, findet Dunkelheit hinter geschlossenen Lidern. Er lässt sich entführen in einen Dämmerschlaf, der sich in ihm ausbreitet. Er hört den Regen in den Ohren rauschen.

Wenn der Schnee ein Schweigen ist, das vom Himmel fällt, dann ist der Regen vielleicht ein endloser Sturzbach aus Sätzen.

Wörter plätschern auf Gehsteige, Häuser, Betonflächen und schwarze Pfützen. Sie purzeln nur so hervor.

Wörter der Muttersprache, verpackt in dunkle Regentropfen.

Mal gebogene, mal gerade Striche hinterlassend, und Punkte, die nur einen Augenblick bleiben.

Geschwungene Kommas und Fragezeichen.

Kaum ist er weggedämmert, hat er einen flüchtigen Traum. Darin zwei Personen, ein alter Mann und eine junge Frau. Der Mann hat schlohweißes Haar und spricht mit der brüchigen Stimme eines Alten. Die Hände hat er vor dem Körper gefaltet, als wolle er um Verzeihung bitten:

»Sag, wo kommt dieser Geruch her?«

Die junge Frau fängt an, die Gegend zu beschreiben. Schnell, lebendig und präzise, von Pflichteifer erfüllt. Mit einer Vertraulichkeit so schonungslos, dass es einen frösteln lässt:

»Also, das ist der Eichenwald. Die Bäume haben viele oberirdische Wurzeln, die Höcker ausgebildet haben, ähnlich der Gelenke beim Menschen. Überzogen sind sie von Efeu.«

»Wie sieht der aus?«

»Viele Blätter an verschlungenen Ranken … Man könnte fast meinen, dass sie sich in unsere Richtung strecken. Dass sie unsere Körper in Nullkommanichts umschlingen, zu Boden pressen, aber warte …«

»… Was ist? Was siehst du?«

Die Stimme des Mannes zittert.

»Mach nicht zu lange Pausen. Verbirg hässliche oder schreckliche Dinge nicht vor mir. Was ist da? Was ist passiert?«

Er redet immer hastiger. Die Stimme ist brüchig, überschlägt sich.

»Sag es mir. Mit deinen Lippen, deiner Zunge, aus deiner Kehle … Sag schon. Wo bist du? Gib mir deine Hand. Bitte gib doch mal einen Ton von dir!«

Er spürt einen stechenden Schmerz in der Brust. Es gelingt ihm nicht, die Hand der Frau zu ertasten. Sie ist nicht mehr da. Er beginnt zu schluchzen wie ein Kind. Als er ruckartig die Augen öffnet, stellt er erleichtert fest, dass er nur im Traum so hemmungslos geweint hat. Auf seinen Wangen sind ein paar einzelne Tränen, mehr nicht. Ohne das als tröstlich zu empfinden, wird er vom Schlaf übermannt.

Dieses Mal handelt es sich nicht um einen Traum, sondern um eine Erinnerung.

Der schwarze Vogel, der auf ihn zufliegt.

Die dunkle Treppe.

Das schwache Glimmen der Taschenlampe in der Kellertiefe.

Das verschwommene Gesicht der Frau, die sich ihm nähert.

Mit einem Ruck fährt er aus dem Schlaf hoch, nur um gleich darauf in einen weiteren Traum zu sinken.

Dieses Mal ist seine Sehkraft wieder ganz normal.

Eine Gruppe Unbekannter versammelt sich in einem eisigen, tiefen Kellerschacht.

Vor ihren Mündern kondensiert der Atem zu kleinen Wölkchen.

Die Gesichter wirken wie weiß angemalt, als gehörten sie Clowns oder Leichen.

Wie ein Einbrecher schleicht sich ein neuer Traum in die Szene.

Eine dunkle Bühne.

Das Publikum wartet auf den Beginn der Vorstellung.

Kein Bühnenlicht geht an, es wird nur noch finsterer.

Befremdliche und erdrückende Stille.

Eine Aufführung, die nie beginnen wird.

Wieder das Regengeräusch.

Das düstere Gesicht einer Frau aus der Vergangenheit.

Kalte Tropfen.

Unter dem Regenschirm,

auf der gebräunten Haut der Stirn,

auf dem nassen Handrücken. Auf den Adern, die dort bläulich durchscheinen.

Eine schöne, verständliche Stimme, die er nie hat Deutsch sprechen hören, dringt an sein Ohr.

Ich habe es dir gesagt. Irgendwann wird aus dir ein unmögliches Paradoxon werden.

Ein bekannter Raum, eingesponnen in mehrere Lagen blauer Fäden.

Mehrere Dutzend Briefe, sie sehen aus wie helle Löcher, die es zu lesen gilt.

Der verschwommene Umriss eines kalten Körpers, der nach Apfel riecht und neben ihm liegt.

Ein Schlusspunkt.

Auf der Handfläche.

Die zittert.

Wärme.

Schwarzer Sand.

Nein, eine harte Frucht.

Vergraben

in gefrorener Erde.

Ein Komma,

eine geschwungene Wimper,

schwache Atmung,

ein glänzendes Messer

in einem Futteral,

in dem es

kein Licht gibt,

und das lange Zeit

wartet,

den Atem anhaltend.

Er schreckt aus dem Schlaf und richtet sich hastig auf. Er merkt, dass ein Geräusch vor der Tür ihn geweckt hat. Da ist jemand.

Die Tür war wohl nicht abgesperrt, denn sie öffnet sich langsam. Licht dringt durch den Spalt, bevor es wieder dunkel wird, weil sie ins Schloss fällt. Er hört, wie jemand die Schuhe abstreift. Trotz des Regens liegt das Zimmer nicht in kompletter Dunkelheit, er erkennt eine schwarze Gestalt. Er öffnet die Augen und starrt sie an. Mit der linken Hand reibt er sich kräftig über das Gesicht. Den Haaren der sich nähernden Person entströmt eindeutig Seifenduft. Er fröstelt. Der schwarze Umriss streckt ihm etwas Helles entgegen, das seine linke Hand ergreift und sie öffnet. Ein anderes helles Ding fängt an, auf seine Handfläche zu schreiben.

Die Optiker
werden
bald öffnen.

Sein Tastsinn erspürt den Satz, so gut es geht.

Haben Sie
ein Rezept?

Er nickt.

Es regnet,
ich werde
allein
gehen.

Er wartet. Wartet auf weitere Wörter. Er spürt die kühle Feuchtigkeit, die von dem Gesicht und dem Körper der Frau ausgeht.

Wo ist
das Rezept?

Langsam entzieht er seine linke Hand, bevor er sich erhebt. Er will zu seinem Schreibtisch gehen, aber dann nähert er sich, wie von Geisterhand bewegt, dem verschwommenen Gesicht der Frau, das in der Dunkelheit vor ihm schwebt. Er kann nicht verhindern, dass sein linker Arm zittert, als er ihn zum ersten Mal um ihre Schultern legt.

Er weiß nicht, dass ihre Lippen so steif sind, als habe man sie mit durchsichtigem Klebeband versiegelt. Er weiß nicht, dass sie nicht einschlafen konnte, nicht hier und nicht in ihrem eigenen Zuhause, das sie mit dem ersten Bus erreicht hatte. Er weiß nicht, dass sie sich an den Tisch setzte und ihr Griechischheft öffnete, nach einer langen heißen Dusche, das Duschgel ihres Kindes benutzend. Er weiß nicht, dass sie mengenweise Buchstaben dieser toten altgriechischen Sprache niederschrieb, als verfolge sie Dutzende von Wegen unter einer Eisschicht. Daneben beharrliche Sätze in ihrer Muttersprache, so unerträglich lebendig.

Den Blick in die Dunkelheit gerichtet, hält er immer noch die Schulter dieser Frau umfangen. Er spürt, dass er dabei ist, etwas Verbotenes zu erforschen. Er sagt sich, dass er Fehler machen wird und deshalb Angst hat.

Er weiß nicht, wo sie war, bevor sie wiederkam. Er weiß nicht, dass sie an diesem letzten Schultag vor der Schule wartete, bis sie unter all den farbigen Regenschirmen den mit Buzz Lightyear drauf entdeckte, aus Toy Story, zusammen mit der darunter hervorlugenden kurzen Hose ihres Sohnes und dem braunen, erbsengroßen Muttermal auf einem der Knie. *Warum bist du heute gekommen? Morgen sollen wir uns doch treffen.* Er weiß nicht, dass sie das Gesicht ihres Sohnes anstarrte, der flüsterte, als habe er Angst vor Entdeckung. Er weiß nicht, dass sie ihrem Sohn die Regentropfen aus dem Gesicht wischte. Er weiß nicht, dass sie verzweifelt die Lippen öffnete, um seinen Namen und Worte zu sagen, die sie sich zurechtgelegt hatte: *Du musst nicht so weit weg. Du kannst hier bei deiner Mama bleiben. Du musst nirgendwo hingehen. Wir können gemeinsam fliehen. Wir stehen das durch.*

Die Bluse der Frau ist von Regen und Schweiß durchtränkt. Die verbundene Hand auf Abstand haltend, verstärkt er die Umarmung seines linken Arms. Er hört, wie jemand den Flur des darunterliegenden Stockwerks betritt und die Wohnungstür geräuschvoll hinter sich zuschlägt.

Er weiß nicht, dass der Regen lärmend auf ihren Schirm trommelte, den sie einfach nur stumm festhielt. Er weiß nicht, dass ihre nackten Füße in den Turnschuhen vor Nässe trieften. *Ich habe dir doch gesagt, du sollst nicht kommen, ohne vorher Bescheid zu sagen. Ich mag es nicht, wenn wir uns auf der Straße verabschieden müssen.* Er weiß nicht, wie weich die Haut dieses Kindes ist, das ihr aalglatt auswich, als sie es umarmen, seine Hand in ihre nehmen wollte. Er weiß nichts von den schwarzen Pfützen, die sich gebildet hatten, und auch nichts von den Regenpfeilen, wie Speere auf den Boden prasselnd.

Obwohl es geschlossen ist, dringt durch das Fenster noch das anhaltende Trommeln des Regens. Es ist ein Getöse, das Straßen und Gebäude rissig werden lässt, sie beschädigt. Jemand geht schlurfend die

Treppe hinunter. Wieder schließt sich geräuschvoll eine Tür.

Herz an Herz gepresst, kennt er die Frau immer noch nicht. Er weiß nicht, dass sie als Kind in den dämmrigen Hof ihres Wohnhauses starrte und sich fragte, ob sie überhaupt das Recht hatte, auf dieser Welt zu sein. Er kennt den Panzer nicht, dessen Kettenglieder aus Wörtern ihren nackten Körper wie tausend Nadeln stechen. Er weiß nicht, dass sich ihre Augen in seinen spiegeln und umgekehrt … bis ins Unendliche. Er weiß nicht, dass sie ihre bläulich-violetten Lippen fest geschlossen hält, weil all dies ihr Angst macht.

Mit geschlossenen Augen reibt er seine Wange an ihrer, auf der Suche nach der zartesten Stelle. Er erreicht die kalten Lippen. Hinter seinen geschlossenen Lidern flammt das Foto der Sonne auf, das er damals in Joachims Zimmer gesehen hatte. Die Sonnenflecken bewegen sich auf einer Oberfläche aus Magma. Schwarze Flecken von mehreren Tausend Grad Celsius, die ihre Lage durch Explosionen permanent verändern. Aus der Nähe betrachtet würden sie die Iris verbrennen, selbst wenn man sie durch dicke Filmstreifen beobachtete.

Ohne die Augen zu öffnen, küsst er sie. Hinter die feuchten Ohren, auf ihre Augenbrauen. Wie eine schwache Antwort aus weiter Ferne streichen kalte Fingerkuppen sanft über seine Augenbrauen, bevor sie zu den eiskalten Ohren wandern, über die Narbe, die zwischen Auge und Mundwinkel verläuft. In weiter

Ferne explodieren, ohne ein Geräusch zu machen, die Sonnenflecken. Die Herzen, die sich berühren, die Lippen, die einander ertasten und sich dennoch für immer verfehlen.

21

Der Wald des abgrundtiefen Meeres

Damals lagen wir Seite an Seite im Wald auf dem Grund des Meeres.

Dort gab es weder Licht noch Geräusche.

Ich sah Sie nicht.

Mich sah ich auch nicht.

Sie gaben keinen Laut von sich.

Ich auch nicht.

Bis Sie schließlich doch einen winzigen Ton ausstießen,

bis kleine Bläschen aus Ihrem Mund aufstiegen,

lagen wir da.

Sie befanden sich in den Fängen des Verlangens.

Schrecklich still.

Dunkel.

Wie eine tiefe Nacht, die nach der Abenddämmerung beginnt.

Wie ein abgrundtiefes Meer, das die Körper seiner Bewohner unter dem Gewicht des Wassers platt werden lässt.

Auf einmal schrieb Ihr Zeigefinger etwas auf meine Schulter.

Wald, Wald war das Wort.

Ich wartete auf die Fortsetzung.

Als ich verstand, dass nichts mehr folgen würde,

öffnete ich die Augen, um in die Schatten zu blicken.

Ich sah Ihren verschwommenen Körper.

In diesem Moment waren wir uns ganz nah.

Wir lagen engumschlungen.

Der Regen hörte nicht auf.

Irgendetwas zerbrach in uns.

Dort, wo es weder Licht noch Klang gab,

zwischen zu Sandkörnern zermahlenen Korallen,

machten sich unsere Körper bereit, aufzusteigen.

Noch nicht bereit zu gehen, legte ich meine Arme um Ihren Nacken.

Ich suchte nach Ihrer Schulter, um sie zu küssen.

Um mich abzulenken, nahmen Sie mein Gesicht zwischen Ihre Hände,

und Ihnen entschlüpfte ein winziger Laut.

Zum ersten Mal,

zart und rund wie eine Seifenblase.

Ich hielt die Luft an.

Sie atmeten weiter.

Ich hörte Ihre Atemgeräusche.

Dann sind wir langsam zusammen aufgestiegen.

Kaum hatten wir das Tageslicht an der Oberfläche erblickt,

wurden wir heftig zu Boden geschleudert.

Ich hatte Angst.

Ich hatte keine Angst.

Ich wollte weinen.

Ich wollte nicht weinen.

Bevor Sie sich für immer von meinem Körper lösten,

küssten Sie mich behutsam

auf die Stirn,

auf die Augenbrauen,

auf die Lider.

Ich hatte das Gefühl, es sei die Zeit, die mich küsste.

Jedes Mal, wenn Lippen auf Lippen trafen, entstand eine Dunkelheit ohne Ausgang.

Die Stille breitete sich aus wie Schnee, der alle Spuren für immer verwischt.

Sie stieg bis zu den Knien, bis zur Hüfte, bis zum Gesicht.

O

Ich falte die Hände vor meiner Brust.
Benetze die Unterlippe mit meiner Zungenspitze.
Meine Hände verkrampfen ruckartig in der Stille.
Meine Lider zittern wie Insektenflügel, eine flatternde Vibration.
Ich öffne die bereits wieder getrockneten Lippen.
Ich atme durchgängig und tief ein, dann lasse ich die Luft ausströmen.
In dem Moment, als ich schließlich eine erste Silbe spreche, kneife ich kurz die Augen zusammen.
Als bereite ich mich darauf vor, dass nach dem Öffnen alles verschwunden sein könnte.